KB031137

우리는
모두
흘러가고
있다

우리는 모두 흘러가고 있다

한복용 수필집

bookin

책을 펴내며

끝없는 나의 완주지점을 향하여

나는 늘 부족한 아이였다. 어떤 곳을 향해가도 도중에 멈추거나, 조금 더 가더라도 도착하지 못하는 미완未完의 아이였다.

10년 전 어느 날 마라톤을 시작했다. 내겐 불가능일 것 같았던 풀코스를 완주하고 내 자신이 조금은 대견스러웠다.

2007년 운명과도 같은 수필을 만났다. 하지만 끝까지 갈 것이라 생각했던 글쓰기를 2년 전에 접어야만 했다. 도중에 멈춘 것이다. 글쓰기는 목숨이라고 생각했기에 그것을 놓아버린 뒤 많이 아팠다. 그런데 기적 같은 일이 일어났다. 사방에 두꺼운 어둠으로 둘러싸인 내게 작은 빛줄기 하나가 스며들어왔다. 평소 가깝게 지내던 분의 소개로 관여觀如 맹난자 선생님을 만나게 되었다. 비록 자꾸 넘어지고 무릎이 까져도 그

걸음새를 바꾸려 하지 않고 다독이며 나만의 걸음걸이로 걸을 수 있도록 용기를 주셨다. 더 나아가 "작가는 늘 써야 한다. 시선을 넓게 멀리 둬야 한다. 무엇보다도 역사의식이 있는 글을 써야 한다. 그러기 위해서는 문, 사, 철의 인문人文 공부를 게을리 해서는 안 된다"는 작가관도 내게 심어주셨다. 위태로움이 느껴질 때마다 어머니 같은 품으로 나를 붙들어 일으켜 세워주곤 하셨다. 이제는 넘어지더라도 다시 글쓰기를 멈추는 일은 없을 것이다. 끝없는 나의 완주 지점을 향하여 고단한 날개짓을 멈추지 않으리라.

이 서툰 책을 발판으로 삼아서.

다행히 내 주변에는 좋은 분들이 많이 계신다. 문외한인 내게 수필이 무엇인지를 알게 해주고 이야기를 흥미롭게 풀어낼 수 있도록 가르침을 주신 김종완 선생님, 수필과 소설의 경계를 오갈 수 있도록 아낌없는 성원을 보내주신 이순원 선생님, 간결한 문장의 매력을 알게 해주신 최호택 선생님. 그 외에도 반쪽인 아이에게 넉넉한 사랑을 주신 고마운 분들이 많다. 진심으로 그분들께 머리 숙여 감사드린다. 그리고 보잘것 없는 글들을 한 권의 책으로 정성스레 묶어준 도서출판 북인에도 감사의 말씀을 전한다.

청명한 가을 하늘이 한눈에 들어온다.

2013년 한로지절寒露之節에

한복용

차례

제1부 아버지의 왼손

제2부 현관 앞에서

제3부 우리는 모두 흘러가고 있다

제4부 그대에게 바친다

제5부 첫날

제6부 마흔일곱에 꿈꾸는 이층집

제1부

아버지의 왼손

봉숭아 꽃물 · 동생과 나 · 아버지의 왼손 · 패밀리주스 병
수박 유감 · 남산 이발관 · 지금 언니는 공부 중
엄마의 금비녀

주전자 주둥이에서 달콤하고 시큼한 냄새가 풍겨온다. 주전자를 기울여 한 모금 마셔 본다. 목구멍으로 넘어가는 달콤한 느낌이 좋다. 맛있다. 또 한 모금을 마신다. 해 한 모금, 나 한 모금, 해도 붉고 나도 붉다.

봉숭아 꽃물

툇마루에 걸터앉아 울 너머 앞산을 바라본다. 한 무리의 새들이 북쪽으로 날아간다. 아버지께서 나를 부르신다. 점심을 들고 한숨 주무신 후이니 시계를 보지 않아도 몇 시인지를 알 것 같다. 아버지는 막걸리 심부름을 시킬 요량이다.

나는 색 바랜 양은주전자를 들고 뙤약볕이 달구는 길을 따라 아버지 심부름을 간다. 중학생 언니도 있지만 아버지는 유독 나만 찾으신다. 나를 시키는 데는 이유가 있는데, 팔 힘이 세다는 것이다. 야무지고 조심성이 있어서 한 방울도 흘리지 않고 간수를 잘해 온다는 것도 이유 중 하나다. 아버지 앞에서는 얼굴을 찡그린다거나 못 가겠다고 말대꾸를 하지 못하고 동구 밖을 벗어나서야 혼자 투덜거린다. 공연히 애꿎은 돌멩이만 걷어찬다. 작은 꽃신이 춤추듯 풀숲으로 날아간다. 꽃신에 놀란 산새가 포르르 솟아오른다.

외가 쪽 먼 친척 가게에서 막걸리 한 주전자를 받는다. 아주머니는 기특하다며 내 머리를 쓰다듬고 등을 다독여준다. 집안의 안부를 두루 묻고는 차 조심하라는 말과 함께 눈깔사탕 한 알을 쥐어준다. 주전자의 무게가 만만치 않아 몇 발짝을 못 가고 다른 손으로 주전자를 옮겨 든다. 신작로에 트럭이 지나가면 뿌연 먼지 속에서 눈을 감고 숨을 멈춘 채 서 있어야만 한다. 차 소리가 멀어지고 먼지가 가라앉으면 다시 집으로 향한다.

산모퉁이를 돌아서면 산등성이의 소나무 그늘에 앉아 잠시 쉬곤 한다. 멀리 집이 보인다. 밤나무숲 사이로 파란 양철지붕이 강한 햇살에 흔들리는 듯하다. 눈이 부시다. 주전자 주둥이에서 달콤하고 시큼한 냄새가 풍겨온다. 주전자를 기울여 한 모금 마셔 본다. 목구멍으로 넘어가는 달콤한 느낌이 좋다. 맛있다. 또 한 모금을 마신다. 해 한 모금, 나 한 모금, 해도 붉고 나도 붉다.

주전자가 조금은 가벼워진 것 같다. 발을 옮길 때마다 오솔길이 이리저리 절로 휜다. 이웃집과 우리 집 밭 사이에 놓여 있는 오솔길이 벌떡 일어나 내 얼굴을 향해 달려드는 것 같아 눈을 질끈 감는다. 주전자를 든 손이 잠시 흔들렸지만 다행히 막걸리를 길에 쏟지는 않았다. 크윽, 목구멍을 넘어온 막걸리 냄새가 나를 괴롭힌다. 더위 때문인지 얼굴이 더욱 화끈거린다.

아버지는 막걸리 주전자를 받아들고 툇마루에 걸터앉는다. 마치 무슨 예식을 치르기라도 할 듯 엄숙하고 진지하다. 나는 재게 부엌으로 가 쟁반에 놋대접과 열무김치를 내 온다. 콸콸콸 소리와 함께 막걸리는 금세 한 대접 채워지고 아버지는 눈을 지그시 감은 후 숨을 가다듬고 단번에 들이킨다. 손등으로 입을 쓱 닦고는 열무김치를 집어 잡수신다. 빨간 김칫국물이 모시적삼에 한 방울 떨어진다. 어적어적 김치 씹는 소리가 경쾌하게 들린다. 나도 덩달아 침을 꿀꺽 삼킨다. 아버지 콧등에 어느새 빠알간 봉숭아꽃이 피어난다.

나는 졸음에 겨워 그 봉숭아꽃물이 지는 줄도 몰랐다.

동생과 나

하나뿐인 동생은 울보였다. 마음이 약해서 어려서부터 내게 양보만 했다. 그 애는 나보다 세 살이 어리지만 말씨나 행동으로 봐서는 한참 언니 같다. 입이 무거워 내가 어른들 몰래 무슨 잘못을 해도 일러바치거나 하지도 않았다. 보통 아이들 같으면 기회를 노려 어른들께 고자질이라도 할 터인데 그러지도 않으니 커가면서 늘 미안한 마음이 들었다. 동생과의 어린 날은 못된 언니와 한없이 착하기만 한 동생으로 기억되는 소중한 토막들이다.

1

나는 성장이 늦어 초등학교에 일 년 늦게 들어갔다. 반면 나보다 덩치가 큰 동생은 제 나이보다 한 살 위인 아이들과 한 학년이 되었다. 그러니 나와는 일 년 선후배 사이가 된다.

나는 동생에게 장난치는 걸 재미로 삼았던 것 같다. 어떤 앙심이 있을 리 없었으니 이는 단순한 심술이겠다.

내가 초등학교에 들어가기 전으로 기억한다. 나는 주로 개미나 굼벵이, 쇠똥구리 등과 같은 곤충들과 놀았다. 마당에서 개미들과 정신줄을 놓고 놀다가 갑자기 소피가 마려워 집안으로 뛰어 들어갔다. 마침 동생이 마루 끝에 놓인 요강에 앉아 있었다. 나는 다급하게 달려가면서 빨리 내려오라고 소리를 질렀다. 아이는 아직 멀었다고 말하며 얼굴에 힘을 주고 있었다. 힘을 줄 때마다 얼굴색이 벌겠다. 나는 발을 동동 굴렀다. 기다리다가 내가 낭패를 볼 참이었다. 바지춤을 움켜잡고 애원하듯 소리쳤다.

"빨리 내려와야 할 걸!"

"아직 멀었다구."

동생은 다시금 힘을 주며 혀 짧은 소리로 곤란하다는 듯 말했다.

"어라, 안 내려오면 니 위에 앉아서 쌀 텐데."

"……?"

나는 마루 위로 쏜살같이 올라갔다. 동생은 그때까지도 요강에 앉아 있었다. 나는 망설이고 말고 할 것도 없이 그대로 동생의 무릎에 앉아 일을 봤다. 동생은 내 등 뒤에서 어쩔 줄 몰라 했다. 토방 끄트머리 샘에서 빨래를 하며 우리를 지켜보던 큰 올케는 입을 벌린 채 말을 잊었다.

당시 화장실은 마당을 돌아 마늘밭이 시작되는 감나무 옆에 돼지우리와 함께 있었다. 금방이라도 시커먼 돼지가 덤벼들 것만 같아 우리는 대낮에도 그곳을 꺼렸다.

그 일이 있은 후로도 오랫동안 무서운 화장실보다는 요강에 앉아 큰일과 작은일을 봤다.

2

내가 말을 안 들으면 엄마는 니 엄마한테 데려다 줘야겠구나, 하셨다. 나는 내 엄마가 여기 있는데 어디에 또 엄마가 있느냐고 물었다. 엄마는 내 엄마가 풀빵장수라고 했다. 내가 아는 풀빵장수는 뚱뚱보였다. 태안 장날에 풀빵 만드는 기계 앞에 자기 엉덩이보다 작은 의자에 앉아 종일 풀빵을 구워 팔았다. 얼핏 비교해도 지금 엄마가 훨씬 나았다. 엄마 말씀을 잘 듣기로 했다.

그런데 툭하면 동생이 약을 올렸다.

"엄마가 그러는디, 언니 니 엄마는 풀빵장수가 맞댜."

"뭐여? 웃기셔."

"기랴. 밤에 엄마랑 아버지랑 허는 얘기 다 들었는걸."

"이것이…."

나는 말을 잇지 못하고 울었다. 울면 진다는 말을 수도 없이 들었건만 내 엄마가 풀빵장수라는 말은 무슨 일이 있어도 들어서는 안 될 말이었다. 풀빵장수 아줌마는 정말 못생겼고 험상궂고 옷도 우리 엄마보다 못 입고 말도 교양 없이 했다. 나는 풀빵장수는 우리 엄마가 아니라고 소리내 울었다. 식구들은 히죽거리며 웃을 뿐 그 누구도 내 편에서 그래, 니 엄마는 풀빵장수가 아니야, 하는 이가 없었다.

그럴 때마다 나는 식구들 몰래 벽장 속 재봉틀 위에 올라가 문을 닫고는 소리 죽여 울었다. 울다가 깨면 밤이었다. 식구들은 나를 찾아 동네를 헤매고 나는 눈을 비비며 벽장 안에서 나왔다.

3

동생의 별명은 '두두발'이었다. 잘 넘어진다 하여 붙여진 이름이다. 혀 짧은 소리를 하고 말을 더듬으며 걸핏하면 넘어지니, 내 보기에는 덩치만 컸지 어딘가 모자란 아이였다. 나는 그런 동생과 노는 게 싫었다. 말도 안 통하고 툭하면 울어대니 짜증이 났다. 창피하기도 했다.

아버지는 내가 어디를 가든 동생을 데리고 가길 원하셨다. 나는 무조건 동생을 위해야 한다고 말씀하시는 아버지가 미웠다. 내가 같이 노는 게 싫다고 말하면 아버지는 나를 나무라셨다.

"걔가 업어달라나, 젖을 달라나."

"그런 게 아니라…."

딱히 할 말이 없게 하신다. 나는 마실을 갈 때면 동생을 따돌리기 위해 진땀을 빼야 했다. 내가 신발을 신으면 그 아이는 같이 가자며 울기부터 한다. 동생이 딴 짓할 때 재빨리 도망치는 수밖에는 달리 방법이 없었다. 하지만 아버지의 레이더는 예리했다. 그래도 노는 게 좋은 나는 아버지 몰래 뒤란으로 나가 밤나무가 심겨진 밭을 지나고 오솔길을 벗어나 한참을 돌아 친구들이 노는 곳으로 가곤 했다. 멀리 동생이 우는 소리가 들렸다.

4

초등학교 5학년 때, 동생을 향한 내 심술은 정점을 찍었다. 틈만 나면 동생을 괴롭혔고 약올릴 생각만 했다. 어느 여름 날, 아침밥을 먹기 전 행동이 굼뜬 동생이 토방 옆 샘으로 가 머리를 감았다. 나는 이미 학교 갈 준비를 마친 상태였고 마루에 걸터앉아 다리를 흔들며 동생의 거동을 살피던 참이었다. 올케는 부엌에서 아침상을 차리느라 분주했다. 동생의 머리에 비누거품이 풍선처럼 부풀고 있었다. 나는 토방으로 내려와 동생 곁으로 천천히 다가갔다. 기척을 느끼지 못한 채 거품을 키우던 동생에게 어떤 장난이 좋을까 궁리했다. 동생 가까이에 간 내 손에는 어느새 빨래판이 들려 있었다. 동생은 엉덩이를 지붕으로 세우고 머리를 헹궜다. 나는 때를 놓치지 않았다. 빨래판으로 야구방망이 휘두르듯 동생의 엉덩이를 날렸다. 톡, 하고 경쾌한 소리가 나는 순간 동생은 공중제비를 돌듯 발라당 넘어졌고 스테인리스 세숫대야가 시멘트 샘터에 부딪치는 소리가 요란했다. 소리에 놀란 큰 올케가 부엌문을 밀고 달려왔다.

"아이구, 숭해라. 이게 뭔 일이래유."

동생은 소리내 울었고 나는 겁이 났지만 그보다도 웃음이 먼저 터져

나와 마당으로 뛰어 달아났다. 잠시 후 아버지의 불호령이 떨어졌다.

"용이, 들어와라. 이것이 하다하다 이젠 동생을 잡겠네."

나는 겁에 질려 마당가로 뒷걸음질쳤다. 올케가 쫓아 나와 내 손을 잡고 집안으로 들어갔다. 토방에는 아버지가 서 계셨다. 동생은 울음을 그쳤고 마루에서 옷을 갈아입고 있었다.

"이 녀석, 누가 동생한테…."

아버지는 말을 잇지 못하고 등을 돌리셨다. 뒤돌아선 아버지의 어깨가 몇 번 들썩였다. 그런 후 다시 나를 보고 야단을 치려 했지만 얼굴이 벌겋게 달아오를 만큼 핀 웃음꽃 때문에 아버지는 또다시 고개를 돌려야 했다. 내가 빙긋 웃어보이자 이내 혼내기를 포기하셨다. 나는 아버지가 그렇게 재밌어 하며 웃으시는 모습을 두 번 다시 본 기억이 없다.

5

내가 동생에게 심술부리기를 그만 둔 것은 고등학교 2학년쯤이었다. 그날도 동생은 별다른 이유 없이 당하는 쪽이었다. 어떤 일로 인한 심술이었는지는 기억에 없다. 다만 나는 평소와 같이 동생을 괴롭혔고 더 이상은 아니라고 생각한 동생은 내게 처음으로 그러지 말라고 목소리에 힘을 주었다. 동생의 얼굴 표정이 그 전과 다르다는 걸 느꼈지만 거기서 멈추면 언니의 체면이 서지 않을 터였다. 동생은 무어라고 내게 말을 하고는 잠시 주춤할 새도 없이 내가 서 있는 곳에서 멀지 않은 벽에 의자를 던져버렸다. 벽은 금세 움푹 패었다. 내 가슴도 동시에 깨지는 소리가 들렸다. 나의 심술은 그날로 끝이 났고 지금은 8남매 중 유독 동생과 잘 통하는 사이가 되었다.

어렸을 적 남자 아이들은 자기가 좋아하는 여자 친구에게 공연히 심술을 부리곤 했다. 자기 마음을 그런 식으로라도 내보이고 싶었던 것일게다. 하지만 나는 무엇 때문이었을까. 무슨 마음으로 동생을 그토록 오랫동안 괴롭혔던 것일까. 결국 동생이 나보다 무섭다는 걸 안 날로 내 심술은 막을 내렸다. 혹시 나도 강자에게 약하고 약자에게 강한 비겁한 자는 아닐까.

아니다. 그때 나는 동생을 무척이나 좋아했던 게 분명하다.

아버지의 왼손

염을 자신 아버지는 낯선 옷을 입고 편안히 누워 계셨다. 엄마는 큰 오빠의 부축을 받으며 아버지를 내려다보았다. 금방이라도 눈을 뜨고 말을 걸어 올 것 같은 아버지의 얼굴을 가만히 쓰다듬으며 살가죽만 잡히는 뺨이 안쓰러운지 한참 동안 눈을 떼지 못했다. 나는 아버지의 왼손을 내려다보았다. 잘린 손가락이 시리다며 삼십여 년 동안 겨우내 장갑을 끼시던 모습이 떠올랐다. 갑자기 다리에 힘이 빠지며 바닥에 철퍼덕 주저앉았다.

초등학교 5학년 때였다. 아버지는 밖에서 무슨 좋은 일이 있었는지 석양을 등에 지고 홍조 띤 얼굴로 비틀거리며 대문을 들어서셨다. 그리고는 용아, 여물 썰자, 하고 나를 부르셨다. 아버지와 나는 여물 썰기의 훌륭한 짝이었다. 여물 썰기에 이력이 난 나는 아버지의 손놀림만으로도 한 템포 쉬어가야 할 곳과 힘을 주어 작두를 눌러야 할 때를 알아서 척척 박자를 맞추었다. 작두에 풀을 먹이면서 아버지는 연신 콧노래를 불렀다. 나도 따라서 흥얼거렸다. 작두질이 빨라지면 얘야, 천천히 해라, 하시며 썰어진 풀을 고르게 펼쳐 놓았다. 늦여름 시원한 바람이 열려진 대문을 통해 불어왔다. 마당 가득 풀냄새가 싱그러웠다. 나는 아버지가 좋아하는 노래를 불렀다.

"아빠하고 나아하고 마안든 꼬옻밭에 채송화도 봉숭아도~."

목청을 돋우며 노래에 빠져들 즈음, 억! 하는 외마디 소리가 들려왔다. 순간 작두질을 멈추고 아버지를 내려다보았다. 아버지는 어깨를 웅크린 채 오른손으로 왼손을 감싸 안았다. 내가 부르던 노래는 끄트머리가 잘려진 채로 어디론가 도망가 버렸다.

"아부지 왜 그려? 다친겨?"

아버지는 아무 말이 없으셨고 잘려진 손가락 한 마디가 풀 속에서 팔딱거렸다. 감싼 손가락 사이로 붉은 피가 뚝뚝 떨어졌다.

정신을 차리고 깨어났을 때 텅 빈 집안에는 나보다 세 살 어린 여동생만이 내 머리맡에 앉아서 울고 있었다. 그날 밤 달이 휘영청 중천에 올랐을 때 치료를 끝낸 아버지가 웃으면서 집으로 들어오셨다. 보름달만큼 얼굴이 부어 있었다.

나는 한 동안 아버지의 잘려나간 왼손 집게손가락 때문에 잠을 이룰 수가 없었다. 아버지의 잘려진 손가락 한 마디는 내가 도망가면 도망간 자리까지 따라와 팔딱거렸다. 상처가 다 아물 때까지 아버지는 막걸리를 드시지 않았다. 소에게 먹일 꼴도 큰 오빠가 대신 베러 다녔다. 나는 그날 이후로 다시는 작두를 쳐다보지 않았다. 어쩌다가 여물을 썰자며 오빠들이 불렀지만 나는 그 말만 들어도 온 몸에 소름이 돋아 소리내어 울기만 했다. 이후에도 아버지의 짧아진 손가락을 보면 무릎에 얼굴을 묻은 채 엉엉 울었다. 그럴 때마다 아버지는 괜찮다며 나를 꼭 안아주셨다.

그해, 찬바람이 불면서부터 아버지의 왼손은 두툼해졌다. 시린 손가락 끝을 달래기에는 장갑 하나로는 부족했던지 그 손가락에만 서너 겹 천을 덧대 장갑을 끼셨다. 올케가 방안에 넣어준 질화로 앞에서도 겨우내 장갑 낀 손을 주무르셨다. 평소 아버지는 글씨를 쓰거나 수저를 드는 것만 오른손으로 하고 나머지 일은 다 왼손을 사용하셨다. 전체 손놀림이 부자연스러워졌음은 물론, 취미로 치던 장구 소리마저도 한 동안 고르지 않았다. 창을 하거나 시조 읊는 일도 뜸해졌다. 그럴 때마다 나는 아버지 옆에 쪼그리고 앉아 아부지, 많이 아퍼? 하고 자꾸만 물었다. 아버지는 웃기만 할 뿐 아무 말씀이 없으셨다.

오늘 아버지는 아무 일 없었다는 듯 염습실에 평온하게 누워 계신다. 미동도 없다. 염꾼은 아버지의 머리에 생전의 중절모가 아닌 삼베 모자를 씌워드렸다. 염꾼의 표정이 슬픔을 표현하는 연극배우처럼 진지하다. 아버지의 발에 하얀 고무신 대신 파랑색 꽃신이 신겨졌다. 발등에 핀 커다란 목단꽃 위에 하얀 나비가 사뿐히 앉아 있었다. 아버지는 지팡이도 없이 꽃신만 신고 어디를 가시려는 걸까. 어느새 삼베 장갑을 낀 아버지의 양 손은 도포에 가려졌다. 나는 아버지께 뭐라고 말을 하려고 했지만 목소리가 나오지 않았다. 다만 입 속에서 '아버지 많이 아퍼?' 라는 말만 맴돌 뿐이었다.

패밀리주스 병

창고 정리를 하다가 한쪽 귀퉁이에서 국간장이 담긴 병 하나를 발견했다. 표면이 오톨도톨한 패밀리주스 병이었다. 플라스틱 병이 흔한 요즘, 오랜 만에 보는 유리병이 생소했다. 뚜껑 주변에는 간장국물이 소금기를 머금은 채 거품처럼 말라 있었다. 간장병을 보자 엄마의 모습이 떠올랐다. 그때처럼 엄마가 졸면서 곰국을 끓이고 있는 것만 같은 착각이 들었다. 간장을 다른 병에 옮겨 담은 후 병을 씻었다. 씻고 또 씻었지만 간장 냄새는 좀처럼 가시지 않았다.

나는 20대 초반에 결핵으로 6년여를 허송세월했다. 의사는 가족력이 없으니, 어딘가에서 감염됐을 것이라 했다. 그 즈음 결벽증이 함께 왔다. 손을 수도 없이 씻었고 버스나 지하철을 타면 비틀거릴지언정 손잡이를 잡지 않았다. 사람이 많은 곳을 가지 않았으며 공기가 탁하면 도망치듯 그곳을 빠져나왔다. 편식은 더욱 심해졌다. 웬만한 음식은 아예 먹을 생각조차 하지 않았다.

몹쓸 병은 당최 나을 기미가 없었다. 공들여 치료를 하여, 한 곳이 좋아지면 결핵균은 다른 곳에 새롭게 침투했다. 그곳이 또 좋아지면 다시 되돌아가 원래 자리의 주변을 맴돌다 기어이 가슴팍에 동전만한 구멍을 만들고 말았다. 그 일이 연속되니 하루에 한 주먹씩 먹는 약이 마치 사약 같았다. 약 냄새만 맡아도 토하는 날이 많았다. 치료 외의 다른 일은 생각조차 할 수 없었다. 취직은커녕 친구를 만나는 일도 꺼렸다. 나는 점점 말라갔다. 정신까지도 말라가는 듯했다. 푹 꺼진 눈두덩은 파르르 떨릴 때가 많았고 안면근육도 가끔 경련을 일으켰다. 웬만한 옷은 맞지 않았다.

엄마는 동생과 함께 자취하고 있는 경기도 양주의 좁은 빌라에 한 달에 한 번씩 소꼬리나 족을 들고 찾아오셨다. 집안엔 곰국 냄새가 가실 날이 없었다. 동생은 냄새에 질렸고 나는 그 맛에 질렸다. 냉장고 안에는 곰국 병이 반찬통 수보다 많았다. 패밀리주스 병에 담겨 허옇게 응고된 곰국은 문을 열 때마다 가뜩이나 비위가 약한 나의 입맛을 잃게 했다.

엄마가 오시는 날이 되었다. 태안에서 첫차를 타기 전 엄마는 곧 출발한다고 전화를 하셨다. 전화를 끊은 나는 다급해졌다. 곰국! 한 달 전 엄마가 채워 놓고 간 곰국 병이 줄지 않은 채 그대로였던 것이다. 나는 동생이 외출하기를 기다렸다가 혼자 남게 되자 망설였던 거사를 치르기로 했다.

곰국이 담긴 병을 냉장고 안에서 모조리 꺼냈다. 가스레인지에 큼지막한 냄비를 올리고 물을 부은 다음 불을 켰다. 병뚜껑을 열어 끓는 물에 병을 담그고 국물이 묽어지면 꺼내서 하수구에 버렸다. 나는 마스크를 쓴 채 망설임 없이 이 일을 해치웠다. 일을 마치고 나니 팔이 다 아팠다. 곧 병을 씻어 끓는 물에 소독했다. 잠시 죄스러움에 마음이 아팠다. 하지만 먹을 것을 버린 것에 대한 죄스러움은 아니었다.

외출에서 돌아온 동생은 식탁 위에 가득히 씻어놓은 빈 병을 보고는 눈물을 흘렸다. 그래도 전처럼 대놓고 나를 탓하지는 않았다. 엄마가 저것을 끓이며 언니를 위해 얼마나 많은 기도를 했을까, 저거 제일 좋은 걸로 사셨을 텐데, 이 말만 되풀이 할 뿐이었다.

이제 냉장고 문을 열어도 곰국이 담긴 병이 안 보이니 살 것 같았다. 하지만 개운할 것 같았던 기분과는 달리 마음이 허전했다. 곰국 냄새도 여전히 나는 것 같았다.

냉장고 문을 열어본 엄마는 나에게 기특하다고 했다. 이렇게 잘 먹어야 나쁜 균이 빨리 몸에서 빠져나간다며 가방에서 까만 비닐봉지에 담긴 소꼬리며 족을 꺼내셨다. 베란다로 나간 엄마는 들통을 들고 와 물을 틀고는 가져온 꼬리와 족을 넣었다. 속이 메스꺼웠다. 나는 산책을 핑계 삼아 집을 나섰다.

열 손가락 깨물어 안 아픈 손가락이 없다고 했던가. 엄마에게 나는 일곱 번째 손가락이다. 형제 중 가장 못났으며 늘 부모의 애를 태웠다. 어려서부터 잔병이 잦아 한시도 긴장을 늦출 날이 없었고 경기를 해 정신을 잃으면 아버지는 밤이든 낮이든 나를 들춰 업고 침쟁이집으로 뛰어야 했다. 침으로도 깨어나지 않으면 침쟁이는 내 발꿈치를 깨물었다. 나의 발꿈치는 침쟁이의 이빨자국으로 늘 시퍼렇게 멍이 들어 있었다. 저것이 커서 사람노릇은 제대로 할까, 그것이 엄마와 아버지가 어린 나를 바라보며 하신 말씀이었다.

"허리 좀 펴고 걸어라."

언제 따라오셨는지 엄마가 나의 팔을 잡았다. 나는 슬며시 엄마의 손을 풀고는 한 발짝 앞서 걸었다. 병을 앓고부터 누군가 내 곁에 오는 게 싫었다. 동생과 한 상에서 식사를 안 한 지도 오래 됐다. 내가 먹은 식기는 분리해 끓는 물에 소독했다. 빨래도 따로 했고 속옷은 더욱 열심히 빨았다. 나에게서 나쁜 병이 전염되었다는 소리는 듣기 싫었다. 병원에 가면 간호사들도 일회용 비닐장갑을 끼고 주사를 놔줬다. 내 온몸에 병균이 묻어 있을까 두려웠던가 보다. 엉덩이에서 주사바늘을 빼기가 무섭게 알코올 솜 하나 쥐어주고는 곧바로 도망치듯 주사실을 빠져나갔으니, 어쩌면 내 동생도 언니가 아니었다면 벌써 도망치고 말았을 일이다.

한 차례 폐결핵이 훑고 지나자 임파선 결핵이 들이닥쳤다. 왼쪽 쇄골

안 쪽에 포도알만한 덩어리가 잡히더니 얼마 안 가 크기가 계란만 해졌다. 의사는 수술이 불가피하다고 했다. 형제들은 직장에 다니거나 시어른을 모시는 형편이어서 엄마가 올라오셨다. 다리가 불편한 엄마는 보호자 침대에 꾸부정하게 앉아 날밤을 새우는 날이 많았다. 열이 높으면 나는 허공을 휘저으며 자꾸 헛소리를 했던 것이다. 창이 밝으려면 아직도 멀었는데 물병을 들고 뒤뚱거리며 병실 문을 조심스럽게 밀고 나가는 엄마의 뒷모습은 실바람만 불어도 쓰러질 듯 가냘퍼 보였다.

퇴원 후 보름쯤 지나자, 엄마는 동생과 함께 대중목욕탕에 가자고 했다. 싫었다. 등을 돌리고 앉아 대꾸조차 하지 않았다. 추운 날 목욕탕 가기 귀찮아서가 아니었다. 나를 쳐다보는 시선을 감당할 자신이 없었다. 더군다나 목욕탕은 맨몸으로 들어가야 하니, 깡마른 내게서 주춤주춤 뒷걸음질칠 사람들의 모습을 상상하며 고개를 가로저었다. 동생과 엄마가 양옆에서 싫다는 나를 끌어안다시피 하고는 목욕탕으로 갔다. 마스크를 쓴 나는 눈만 말똥말똥 굴리며 목욕탕 안으로 따라 들어갔다.

목과 왼쪽 어깨, 가슴께를 붕대로 감고 목욕의자에 앉았다. 엄마는 뒤에서 나를 부축해 안았고 동생은 입술을 앙다문 채 따뜻한 물을 부으며 내 몸을 조심스럽게 문질렀다. 목욕탕 안의 사람들이 흐릿하게 뭉쳐 보였다. 그들은 수증기와 함께 천장으로 흩어졌다가 일시에 내게 와락 덤벼드는 것만 같았다. 멀미가 날 때처럼 속이 울렁거렸다. 나는 눈을 감고 등 뒤 엄마의 어깨에 머리를 기댔다. 그렇게 잠시 잠이 들었던 것 같다. 환청인 듯 들려온 가느다란 한숨소리에 잠에서 깼다. 나는 곧 얼굴이 온통 땀으로 범벅이 된 엄마와 눈이 마주쳤다. 나와 엄마를 바라보는 동생의 눈에 눈물이 맺혔다. 나는 우리의 모습이 창피하여 고개를 숙인 채 흐느껴 울었다.

걷다보니 땀이 났다. 가끔씩 불어오는 바람이 이마까지 내려온 머리카락을 쓸어 넘겼다. 동네를 벗어나 냇가로 접어들었다. 35킬로그램도 안 나갔던 나는 걸을 때마다 보는 사람이 불안하다고 했다. 하물며 엄마의 눈에는 어찌 보였을까. 연신 팔을 빼내도 엄마는 집요하게 내 팔을 잡으려 했다. 내가 짜증을 내며 귀찮아하자, 옆으로 한 발짝 떨어져 걸었다. 무슨 말인가 걸어왔지만 대답을 하지 않으니 '독한 것,'이라고 들릴 듯 말 듯 말씀하셨다. 나는 못들은 척했다. 저만치 우리의 그림자가 앞서 걷고 있었다. 엄마 키도 어느새 많이 작아졌다.

산책에서 돌아오니 집안에는 곰국 냄새가 진동했다. 동생은 베란다에 들통을 내놓고 있었다. 국이 식으면 주스 병에 하나씩 따라 냉장고에 넣고, 남은 뼈에 다시 물을 부어 오랫동안 끓인 후 같은 방법으로 냉장고 가득 곰국이 담긴 병을 채울 것이다. 엄마는 그 후로도 몇 년간 꾸꾸하게 곰국을 끓이셨다.

엄마야 자식을 포기할 수 없으니 그렇게 했다 쳐도 자식인 나는 무엇인가. 밥벌이를 해야 할 나이에도 엄마 품에서 벗어나지 못하고 서른다섯 살 되도록 용돈을 타 썼다. 그런 자식은 세상에 나밖에 없을 거라며 동생은 요즘도 농담처럼 푸념을 늘어놓는다. 생각할수록 죄송스러울 뿐이다. 없는 애교는 그만두더라도 엄마가 묻는 말에 고분고분 대답이나 해드려도 좋았으련만, 무슨 억하심정인지 엄마를 외면하는 날이 많았다. 엄마의 말씀이 길어지면 슬그머니 그 자리를 빠져나오곤 했다. 나는 그 분을 위해 무엇을 했는가 싶다. 한없는 사랑만 받은 기억뿐, 무엇 하나 해드린 것이 없다. 돌아가시면서도 엄마는 큰 오빠의 손을 잡고 나를 걱정했다고 한다.

지난해 고향에서 식구들과 조촐하게 생일파티를 하고 올라왔다. 예나 지금이나 시골에 가도 며칠씩 묵지를 못하고 바로 올라오곤 한다. 그날도 나는 밤이 깊었으니 자고 가라는 식구들의 손을 뿌리치고 자동차에 시동을 걸었다. 다음날 동생에게서 전화가 왔다. 큰 오빠가 나를 보내놓고는, 왜 어머니께서 가시는 날까지 언니를 걱정했는지 이제야 알 것 같다며 쉽게 우셨다는 것이다. 나는 큰 숨을 꿀꺽 삼킨 후 천연덕스럽게 대답했다.

"울 오빠도 늙으셨네."

큰 오빠는 이제 일흔을 바라본다. 부모님 돌아가시고 오빠가 대신 짊어진 짐의 무게는 짐작이 가고도 남는다. 다른 동생들처럼 나도 좋은 가정을 꾸리고 자식들과 시끌벅적하게 생일을 축하받으면 좋았으련만 매번 혼자이니 안타까웠을 법도 하다. 다행히 생일상을 차려먹어도 안쓰럽고, 그렇지 못해도 안쓰러운, 영락없는 어머니 마음이다.

결핵 완치 판정을 받았을 때, 엄마는 내 병이 엄마의 공국 덕이라고 믿으셨다. 현대의학이 아무리 발전해도 몸에 좋은 음식을 먹는 것만큼 좋은 치료는 없다고 믿으신 분이다. 하지만 내가 먹은 곰국은 먹은 양보다 버린 것이 더 많았다는 걸 엄마는 끝내 모르셨다.

"어머니의 생은 어쩌면 뼈를 끓이는 시간이었다/ 나로 인해 평생 뜨거웠던 시간이었다" 는 이상윤 시인의 「곰국」이 생각났다.

씻어놓은 병의 물기를 뺐다. 병뚜껑을 닫아 냉장고 문 그곳에 조심스럽게 넣었다.

새벽에 잠이 깬 나는 목이 말라 냉장고 문을 열었다. 패밀리주스 병이 눈에 들어왔다. 병에 물을 가득 채웠다. 그 물을 컵에 가득 따라 한 번에 들이켰다. 냉장고 옆 식탁에 있는 액자 속에서 엄마가 환하게 웃으셨다.

수박 유감

고등학교를 졸업한 이듬해였다. 서울 쌍문동에서 자취를 하고 있던 어느 휴일 아침, 아침밥도 거르고 텔레비전을 켜놓은 채 뒹굴고 있었다. 제기동에 사는 셋째 언니로부터 전화가 왔다. 무슨 특별한 날도 아닌데 갑자기 양주에 사는 둘째 언니 집에 다녀오라는 것이었다. 쌍문동에서 셋째 언니의 제기동 집을 거쳐 양주까지 가려면 두 시간 반은 족히 걸렸다. 게다가 한 번에 가는 차가 없어서 세 번인가 갈아타야 했다. 가기 싫었지만 무섭고 어려운 언니였기에 못가겠다는 말을 할 수가 없었다.

셋째 언니는 어른 머리만한 커다란 수박 두 통을 내게 안겨주었다.

"사돈어른도 계신데 이거라도 가지고 가라. 마침 날도 더우니 시원하게 냉장고에 넣고 드시게 하고."

아무 말도 못하고 언니가 건네는 수박을 받아들었다. 수박 무게로 내 몸이 잠시 휘청, 했다.

신주단지 모시듯 의정부까지는 그럭저럭 잘 도착했다. 버스에서 내리니 뜨거운 기운에 숨이 헉, 하고 막혀왔다. 금세 땀이 비 오듯 했다. 버스를 갈아타려면 재래시장을 지나 10분 정도 걸어야 했다. 정오의 태양은 맘껏 그 열기를 쏟아냈고 양손에 위태롭게 매달린 수박은 눈물이 나올 정도로 무거웠다. 수박을 감싼 비닐 끈이 금방이라도 끊어질 듯 가늘어졌다. 손가락은 움푹 패고 피가 통하지 않아 시퍼렇게 변했다. 한쪽 어깨에 멘 핸드백은 뒤뚱뒤뚱 걸을 때마다 제 멋대로 강하게 혹은 약하게 내 몸을 때려댔다. 땀은 연신 눈으로 들어갔지만 닦을 수가 없었다. 하필 그날 따라 잠자리 날개 같은 원피스에 뾰족구두를 신은 것이 문제였다.

잠시 짐을 내려놓고 숨을 고르고 있을 때, 내 눈에는 시장 안 과일가게의 잘 익은 검푸른 수박이 가득 들어왔다. 다른 과일들은 보이지 않았고 커다란 수박이 천막 안에 빽빽이 쌓여 있었다. 가다가 사가라고 돈을 쥐어줘도 좋을 것을 굳이 제기동에서부터 들려 보낸 심보라니.

셋째 언니는 어려서부터 구두쇠였다. 어쩌다 용돈을 받아도 나보다 오래 썼고 아낀 돈을 모아 참고서를 사기도 했다. 물질적으로든 마음으로든 든든한 울타리가 돼줄 때도 많았다. 어쩌다 느닷없이 무섭게 야단치는 일만 없었다면 나는 형제 중 셋째 언니를 가장 좋아할 수도 있었다.

언니는 다른 시장보다 값이 싸다는 이유로 경동시장에서 수박을 샀을 것이다. 남이야 힘이 들든 말든 싼 가격에 크고 신선한 수박을 샀으니 둘째 언니가 기뻐할 일만 생각했을 것이다. 멀리 터미널이 보였다. 버스 엔진 소리가 요란하게 들려왔다. 재빨리 뛰어가 버스에 올랐다. 맨 뒤에 빈 좌석 하나가 눈에 들어왔다.

짐만 없었어도 빈 좌석을 찾아 굳이 뒷자리까지 가지 않았을 것이다. 자리를 향해 한 발 한 발 내딛을 때마다 끙끙거리는 소리가 절로 나왔다. 익숙하지 않은 뾰족구두는 삐딱거리며 발걸음을 방해했다. 내가 지나가는 양 옆으로 이미 자리에 앉은 사람들이 딱하다는 듯 나를 바라보고 있었지만 아무렇지 않은 양 서둘러 자리에 앉았다. 그나마 이렇게라도 앉아갈 수 있다는 게 다행이었다. 자리에 앉은 나는 한 쪽 손에 수박 두 통을 묶어들고 번갈아 어깨를 주물렀다. 그제야 숨을 고르고 흐르는 땀을 닦을 수 있었다.

한 바탕 씨름을 한 후여서인지 몸이 나른했다. 수박이 든 비닐망을 한 손에 틀어쥐고 등받이에 몸을 기댄 채 눈을 감았다. 피로가 일시에 몰려왔다. 수박이고 뭐고 다 팽개치고 편안하게 누워 잠이나 한숨 자고 싶었다.

멀리서 웅성대는 소리가 들리는 듯했다. 깨고 싶지 않았지만 귀는 이미 열려 있었다. 눈을 떠 앞을 보니 운전석 바로 뒤 통로에서 차가 움직이는 대로 수박 두 통이 이리저리 부딪히며 굴러다녔다. 곧 운전사의 말이 들려왔다.

"이 수박, 임자 없으세요?"

아, 내 수박! 창피한 것도 잊은 채 단걸음에 내달려 수박 하나를 덥석 끌어안았다. 망에 담은 수박을 한 쪽 발로 누르고 나머지 한 놈도 빠져버린 비닐망에 가까스로 담았다. 그때, 수박 참견에 시선을 빼앗긴 운전사는 급정거를 했고 나는 보기 좋게 엉덩방아를 찧고 말았다. 굽 높은 구두는 바로 서려고 하면 할수록 중심을 잃고 기우뚱거렸다. 땀은 다시 비 오듯 쏟아졌다.

안전하게 수박을 담고 나니 막상 뒤로 돌아갈 용기가 나지 않았다. 주위는 온통 뿌옇게 흐려져 앞이 보이지 않았다. 몇 발자국이면 갈 수 있는 거리가 왜 그리 멀게 느껴지는지 발목에 모래주머니를 찬 듯 좀처럼 나아가기가 어려웠다. 의자에 앉아 눈을 질끈 감았다. 울고 싶었지만 알 수 없는 분노로 가슴만 뛸 뿐 눈물조차 나지 않았다. 사람들의 시선이 일제히 나를 향하고 있는 것만 같아 얼굴을 들 수가 없었다.

그나마 다행인 것은 수박 두 통이 모두 멀쩡했다는 것이다. 깨지기라도 했으면 어쩔 뻔했나. 셋째 언니의 일그러진 얼굴이 어른거렸다. 조심성이 없다고 볼 때마다 야단칠 것이 아닌가.

버스에서 내리니 둘째 언니가 정류장에서 기다리고 있었다. 언니는 내 손에 들린 수박을 말 없이 차에 실었다. 언니 집에 도착했을 때 거실 가득 식구들이 둘러앉아 수박을 먹고 있었다. 현관을 들어선 언니는 수돗가의 고무대야에 수박을 내려놓으며 바로 밑에 동생이 경동시장에서 제일 좋은 수박으로 골라 보낸 거라고 말하며 수돗물을 세게 틀었다. 나는 쏟아지는 수돗물에 손을 씻었다. 언니 시누이가 안쓰럽다는 듯 웃으며 말했다.

"수박은 여기도 많은데 뭣하러 거기서 사와요?"

그 사연 많은 수박을 누가 먹었는지 모르겠으나, 그날 이후부터 나는 수박을 좋아하지 않는다.

남산 이발관

머리를 길러서 양 갈래로 땋고 싶었다. 엄마는 안 된다고만 하셨다. 머릿니가 생기면 어떡할 것이냐며 기어이 아버지 손을 잡게 했다.

아버지와 나는 이발관에 갔다. 솔밭길을 걸어 작은 언덕 하나 넘으면 남산이발관이다. 이발관 아저씨는 우리를 반갑게 맞았다. 아버지는 이 아이 머리 좀 잘라주소, 했고 아저씨는 커다란 의자 손잡이 위에 가죽을 씌워 만든 넙적한 판자를 올린 후 나를 번쩍 안아 그곳에 앉혔다. 아버지가 두루마기와 저고리를 벗어 종업원에게 맡기고 내가 앉은 옆 의자에 앉으면 주인아저씨는 러닝셔츠 차림인 아버지의 목에 길고 넓은 하얀 천을 둘러주고는 아버지의 머리를 다듬었다. 희끗희끗한 아버지의 잘린 머리카락이 하얀 색 천으로 우수수 떨어졌다. 아버지 머리 손질이 끝나면 내 머리를 깎을 참이었다.

나는 거울을 보며 표정놀이를 했다. 내 눈은 앞머리에 가려 보이지 않았다. 후후 입으로 바람을 만들어 불면 잠깐씩 눈이 보였다. 주변을 살피면서 웃어도 보고 찡그려보기도 했다.

면도까지 마친 거울 속의 아버지는 '핸섬'했다. 나는 세상에서 우리 아버지가 가장 잘 생겼다고 생각했다. 아버지는 거울 속에서 나를 보며 웃으셨고 종업원이 천을 벗기자 옷을 챙겨 입으시고는 내 등 뒤로 와서 어깨에 손을 얹으며 말씀하셨다.

"움직이지 말어라. 움직이면 살 벤다."

나는 꼼짝도 하지 않고 의자에 앉아 있었다. 이발소 아저씨는 나에게도 매끈한 천을 둘러주고는 '바리깡'으로 내 뒤통수 아래를 마구 밀었다. 단발이 되려던 내 머리는 여지없이 기계 소리에 짧아졌다. 제발 앞머리만은 자르지 말아달라고 속으로 애원했다. 하지만 허사였다. 뒷머리를 다듬은 아저씨는 앞으로 성큼 다가와 내 앞머리를 사정없이 가위로 잘라냈다. 머리카락이 삽시간에 눈썹 위로 올라갔다. 거울 속에는 세상에서 가장 잘 생긴 아버지의 얼굴과 세상에서 가장 이상하게 생긴 내 얼굴이 비쳤다. 그 뒤로 어미 돼지 한 마리를 두고 새끼 돼지 열 마리가 젖을 빨고 있는 그림이 나를 내려다보고 있었다.

나는 엉엉 울었다. 엄마는 왜 매번 내 희망을 짓밟는지 모를 일이었다. 내가 머리를 기르고 싶다고 그렇게 애원했건만 직접 간수할 수 있을 때 기르면 될 거 아니냐고 아무렇지도 않게 내 소원을 무시하곤 하셨다.

머리를 기르는 중이다. 더도 말고 어깨까지만 길러서 여성스럽게 묶기도 하고, 올린 머리가 필요할 때는 멋스럽게 올리기도 할 것이다. 더 나이 들면 숱이 없는 머리가 흉할 터이니 지금이 그나마 적기이지 싶다. 직접 간수할 수 있을 때 기르라는 엄마의 말씀이 생각난다. 기르는 중이지만 예나 지금이나 나는 긴 머리 손질을 잘 못한다. 이러다가는 어느 날 갑자기 이발관으로 달려가 짧게 자를지도 모를 일이다.

지금 언니는 공부 중

일 년 전 환갑을 넘긴 나이에 초등학교 졸업 자격 검정고시를 너끈히 통과한 큰 언니가 올해 정규 과정 중학교에 들어갔다. 없는 집에 태어나 동생들 뒷바라지하느라 학업을 포기해야만 했던 언니에게는 못 배운 한이 평생 풀어야 할 숙제처럼 따라다녔다. 이제야 장성한 아이들의 권유로 자의반 타의반 뒤늦은 공부를 시작한 것이다.

8남매의 장녀로 태어난 언니는 엄마를 대신해 집안일을 도맡아 해야 했다. 당숙의 말씀에 의하면, 어느 날 우리 집에 다니러 왔더니 절구통 높이보다도 작은 열 살짜리 아이가 발판을 딛고 올라가 보리방아를 찧더라는 것이다.

"복순이 너 게서 뭐하는 겨?"

"밥 헐라구유."

"엄마는?"

"장에 갔슈."

요즘도 가족 모임이 있거나 집안의 대소사에서 당숙을 만나면 으레 똑같은 말씀을 하시곤 한다. 큰 언니는 그럴 때마다 얼굴이 벌게져 우리를 번갈아 바라보는데 가뜩이나 큰 눈망울에는 눈물이 그렁그렁하다. 동네의 언니 친구들은 많이 배우진 않았어도 초등학교는 졸업했다. 언니가 고집을 부렸다면 아무리 형편이 어려웠어도 초등학교는 나왔을지 모른다. 어떤 까닭이 언니를 집에 주저앉혔는지는 모르겠지만 못 배운 것을 한으로 삼고 평생을 살아야 했던 언니를 생각하면 가슴이 아프다. 언니 나이의 어른들이 대학을 나오고 교수니, 박사니 할 때 언니는 마흔두 살에 상경하여 주방에서 그릇을 닦고 불에 데면서 조리사 자격증에 도전했다. 남들은 한 번이면 이해할 것도 언니는 열 번 스무 번을 소리내 읽어가며 암기했다. 밤을 낮 삼아 공부한 끝에 단번에 합격증을 손에 쥘 수 있었다. 언니의 노력은 우리 가족은 물론 주변 사람들에게 감동을 주기에 충분했다. 언니의 넋두리를 빌리면 이렇다.

"나는 암껏도 생각혈 수 읎었어. 기냥 엄마가 허라는 대로 허는 게 도리인 줄 알었지. 읎는 살림에 핵교 보내달라고 엄마헌티 조르며 대들 수도 웁는 일 아닌감. 두세 번 월반혀서 5학년까징 다녔는디 졸업장은 은지 못혔어. 허긴 말이 5학년이지 핵교 간 게 손가락으로 꼽을 정도였으니. 그리구 엄마가 좀 무서웠어야 말이지. 어림도 웂지. 난 울 엄마가 계몬 줄 알었어. 한 동네 사는 외사촌 영옥이 언니 엄마라구 생각혔던 적두 있어. 영옥이 언니헌티는 그렇게 잘 허면서 내게는 늘 지천만 했어. 옷두 이쁜 건 그 언니헌티 가구 나는 그보다 못헌 걸 사 주는겨. 이왕 사는 거 똑같은 걸루 사면 워디 덧난댜? 꼭 그렇게 칭이 지는 옷을 사와서는 내게는 안 이쁜 걸 주구 영옥이 언니 헌티는 이쁜 걸 주더라니께. 왜 그러셨는지…. 그런디 내중에 알고 보니 엄마의 생각이 깊었던 거여. 인생철학이라구들 말허잖여. 그런 거였어. 내 새끼는 조금 부족헌 거 입혀도 집안 조카들은 좋은 걸루 선물 허신겨. 내 입 풀칠허기 심들어두 집안에 뭔 일 있으믄 그것부터 챙기길 우선 혔구, 내 입에 들어갈 것이 있어두 조금 애꼈다가 남헌티 나눠주려 혔구. 동네 사람들이 고랑댁 고랑댁 왜 혔겠냐. 엄마는 절대루 마을에서나 시장에서 인심을 잃으신 분이 아니셔. 엄마의 말씀이 교과서라고 내가 입버릇처럼 말허지? 맞는 말이여. 우리만 그랬게? 야, 지끔도 엄마가 장사혔던 시장 가믄 다들 그런 소리 허신다. 우리 엄마, 배움은 짧어두 참 지혜로운 분였어. 나는 엄마가 존경스러워. 워떻게 모든 사람헌티 인정받으며 조용히 발걸음 옝기면서 여생을 사셨을까 생각허믄…."

언니의 삶 속에는 엄마의 인생이 더불어 있다. 엄마가 말씀하신 대로 살고 싶었고 그렇게 사니 별 탈이 없더란다. 어쩌면 엄마의 전철을 자신이 고스란히 밟고 있는지도 모른다는 생각이 들 정도라고 했다. 나이 들면서 언니는 영락없이 엄마의 모습을 닮아갔다.

부잣집 막내로 태어난 엄마는 어깨 너머로 한글을 깨우치고 명심보감과 천자문을 외웠다고 한다. 아궁이에 불을 지피면서 부지깽이로 천자문을 쓰며 외우다가 외할머니한테 혼난 적도 여러 번이란다. 여자가 글을 배우면 팔자가 세진다는 게 이유였다니, 더 오랜 시절의 신사임당이나 다른 훌륭한 여성들은 어떻게 겁도 없이 부모의 뜻을 거역하며 수학했을까. 학교에 가야겠다고 고집을 부렸거나 부모를 원망하며 집을 뛰쳐나갈 수도 있을 노릇이었는데, 그것이 지금은 내가 엄마나 큰 언니를 이해할 수 없는 부분이다.

식곤증이 몰려오는 봄이다. 졸지 말고 공부 열심히 하라고 큰 언니한테 휴대폰으로 문자를 보냈다. 곧, 아직은 졸리지 않다고 공부 열심히 하는 중이라고 답장이 왔다. 나는 '참 잘했어요'라는 응원 메시지와 함께 하트 다섯 개를 찍어서 보냈다. 한참 만에 수업이 끝났는지 언니가 전화를 했다.

"용아, 하트 다섯 개 받으니 기분이 무진장 좋다. 내가 심들 때마다 끄내서 볼라구 저장해 뒀어. 그런디 있잖여. 초등학교 과정은 암껏도 아녀. 이번 껀 왜 이렇게 어렵다냐? 수학은 엥간이 허겄는디 영어는 당최 알아먹지를 뭇허겄다. 알파벳은 다 알겄는디 단어가 조합이 안뎌. 다음 주가 섬이랴. 나 워턱허면 좋냐?"

푸념을 하는 언니의 목소리가 전혀 어둡지가 않다. 오히려 걱정 말라는 투다. 학교에 다녀와 재잘대며 친구들과 있었던 이야기를 소상히 엄마에게 고하는 초등학교 일 학년짜리 같다. 언니는 다음 주 시험이 걱정인 것이 아니라, 이렇게나마 공부하고 있다는 것을 자랑하고 있는 것이다. 큰 언니는 예순이 넘으면서 새로운 인생이 다시 시작되었다. 언니의 꿈이 활짝 피어나, 고등학교도, 대학교도, 대학원도 수월하게 통과했으면 하는 바람이다. 저 쪽 세상에 계신 부모님 아시면 뭐라고 하실까. 여자가 많이 배워 뭐할 거냐고 지금도 똑같이 말씀하실까?

언니의 어깨에 멘 배낭에서 도시락 속 젓가락 부딪치는 소리가 예까지 들리는 것 같다.

엄마의 금비녀

엄마는 숱이 적은 머리로 쪽을 찌고 비녀를 꽂아 치장을 하셨다. 그 비녀는 가난할 때엔 나무였다가, 살림이 조금 펴진 후에는 은이었으며, 자식들이 장성하여 생활이 여유로워졌을 때에는 금으로 바뀌었다. 엄마의 금비녀는 큰 언니가 어려운 살림에도 푼푼이 모은 돈으로 엄마의 환갑 기념으로 장만해 드린 것이다.

엄마가 비녀를 꽂기 위해 거울 앞에 앉으면 나는 턱을 괴고 엄마의 얼굴을 오랫동안 바라보았다. 머리를 매만지는 손동작 하나하나가 신기하여 넋을 놓을 때도 많았다. 그럴 때면 엄마는 얼굴을 붉히며 빙긋이 웃었다. 멋을 부릴 줄 모르는 엄마에게는 머리만지는 일이 유일한 멋 내기 수단이었다. 아침마다 거울을 앞에 하고 이마 위 중앙에서부터 정수리까지 반듯하게 가르마를 탔다. 동백기름을 바르고 참빗으로 가지런히 빗어 넘긴 후 금비녀로 쪽을 마무리한 다음 거울에 비친 얼굴을 보고는 앞모습 옆모습을 살폈다. 머리를 쓰다듬던 손으로 양쪽 빰을 한 번 쓸어내리면서 만족스러운 듯 거울 앞을 뜨셨다.

나도 나중에 엄마처럼 머리를 길러서 비녀를 꽂고 싶었다. 하지만 나는 머리 기를 기회가 없었다. 단정한 머리가 좋다며 짧게 잘라주셨기 때문이다. 그때는 엄마가 참으로 야속했다. 머리를 길러서 하나로 묶기도 하고 양 갈래로 땋기도 하면서 멋을 부리고 싶었는데, 어깨에 닿기가 무섭게 잘라버렸으니 그런 엄마가 무척이나 원망스러웠다.

작년쯤이었나, 큰 올케와 전화 통화를 할 때였다. 엄마가 느닷없이 쪽을 풀고 머리를 자르겠다고 말씀하셨다는 것이다. 언젠가 엄마의 푸념을 들은 기억이 났다.

"이놈을 오른쪽에 붙일까, 왼쪽에 붙일까, 아니면 머리 꼭대기에 얹을까, 귀에 매달아 버릴까."

나이가 들면서 머리카락이 자꾸만 빠져나가니 숱 없는 머리에 비녀만 매달려 있는 것이 흉하기도 하고 떨어뜨릴까봐 불안하다는 것이다. 머리숱이 부족하니 비녀를 폼나게 꽂을 수도 없고, 이러다가 비녀를 잃어버릴 성싶어 자르기로 결단을 내리셨다는 것이다.

머리를 짧게 자르던 날, 엄마의 심정은 어떠했을까. 미용실 의자에 앉아 거울을 들여다보는 착한아이 같은 엄마의 모습은 올케의 마음을 울렸다고 한다. 눈물이 그렁그렁하여 올케와 눈이 마주쳤을 때 슬며시 웃으며 고개를 숙였다던 엄마의 얼굴이 보이는 듯했다.

벼르던 끝에 머리를 자르긴 했지만 팔십 평생을 함께한 머리카락이 아닌가. 잘려져 맥없이 어깨 위로 쏟아졌을 때, 엄마는 잘린 머리카락에 대한 미련보다는 더 이상 꽂을 수 없는 비녀에 대한 아쉬움이 크셨으리라. 동네 아주머니들이 쪽진 머리를 자르고 파마를 하고 와 엄마에게 자랑할 때도 꿈쩍도 하지 않았던 분이다. 다 늙어서 쪽을 풀고 머리를 자르는 것도 모자라 머리를 볶는다는 것이 엄마에게는 용납될 수 없는 일이었다.

엄마의 짧아진 머리가 궁금해서 얼마 후 시골에 내려갔다. 나는 달라진 엄마의 모습에 놀랐다. 빈 틈 없이 강인해 보였던 쪽진 머리의 엄마는 어디에도 찾아볼 수 없었다. 긴장감이 사라진 얼굴은 어린아이같이 천진했다. 영락없이 어렸을 때의 내 얼굴이었다.

"서운하지, 엄마?"

나는 짧아진 엄마의 머리를 만지며 말했다. 엄마는 시원해서 좋기만 하단다. 왜 진작 이러지 못했나 후회가 된다고 하며 어색한 듯 자꾸만 당신의 뒷머리를 쓸어내렸다. 그런 엄마의 눈빛에는 비녀에 대한 미련이 역력하였다.

비녀를 내려놓는다는 것은 엄마에게 더 이상 여자이기를 포기하는 일일지도 모른다. 평생 한 번도 자른 적 없는 머리카락을 팔십이 다 돼 짧게 잘라내고 소용없어진 금비녀를 손에 쥔 채 미용실 문을 나섰을 엄마의 힘없는 모습이 자꾸만 눈앞에 어른댄다.

정성껏 비단보로 싸서 장롱 깊숙이 넣어뒀던 엄마의 금비녀는 나중에 큰 올케의 것이 되었다. 내가 그토록 갖고 싶었지만 그 금비녀는 내 마음속에만 남아 있을 뿐이다. 그 안에서 엄마는 옛날 모습 그대로 금비녀를 꽂고 계시다.

제2부

현관 앞에서

거리 두기 · 화분 · 현관 앞에서 · 밑불 · 관여觀如의 등
형주의 정원 · 유쾌한 빵집 · 느림의 미학

혼자 있되 혼자가 아닌 나는 현관 앞에 놓인 신발을 바라본다. 뚜벅뚜벅 지금처럼만 걸어가도 나쁘지 않겠다고 그들이 내게 응원하는 것만 같다.

거리 두기

산책길에 감나무 앞에서 한참을 서 있었다. 석양에 비친 감의 빛깔은 기름을 바른 듯 윤기가 났다. 아직 홍시가 되기 전이니 따봐도 소용없다는 걸 알면서도 한 개쯤 따보고 싶은 생각을 애써 눌렀다.

아버지는 가을색이 짙어갈 무렵이면 생강밭 가에 있는 감나무에서 감을 따셨다. 많을 때는 서너 포대는 나왔다. 감들은 사과 상자에 켜켜이 담겨 다락으로 올려졌다. 상자에 담을 때는 감이 서로 닿지 않도록 적당한 간격을 뒀다. 감이 바닥에 가득 차면 위에 짚을 한 켜 올렸고 그 위에 같은 방법으로 간격을 두고 상자가 가득 찰 때까지 감을 앉혔다. 사과 상자가 부족하면 장독을 채웠다. 그렇게 감이 홍시가 되면 겨우내 식구들의 간식이 되었다.

차곡차곡 담으면 될 것을 사이를 왜 떼어놓는지, 지푸라기는 왜 켜켜이 까는지 궁금해 아버지께 여쭤봤다.

"이렇게 담아야 감이 상하지 않는단다. 그리고 서로 닿지 않아야 고루 익게 되지. 감이 서로 닿으면 홍시가 되기 전에 상하고 결국 그 안의 감은 모두 못 먹게 된단다."

아버지는 말씀을 하시면서도 면장갑을 낀 손으로 연신 감을 골라 담으셨다. 같은 감이라 해도 홍시가 되기 전 상하는 것이 있으니 그런 것들은 아예 담지 말아야 한다는 말씀도 하셨다. 그러고 보니 얼마 전에 선물로 받은 홍시 상자를 열었을 때, 산지에서 엊그제 작업해 보낸 감이라 했는데도 여러 개가 조금씩 상해 있었던 기억이 났다. 주로 바싹 붙어 있던 감들이었다.

홍시만 간격을 필요로 할까. 사람과 사람 사이에도 적당한 거리가 필요하다는 말이 있다. 지난 해, 문학모임에서 알게 된 이가 친하게 지내자며 다가왔다. 나는 금세 내 모든 마음을 내주었다. 고민이 있다고 찾아왔을 때도 그의 곁을 지켜주었다. 그리고 내 속내도 그에게 보였다. 그래야 그의 비밀이 내 것과 함께 지켜질 것 같아서였다. 그는 잠시 위안을 받는 듯했지만 하루가 지나자 자기 고민은 혼자 해결해야 할 문제인 것 같다며 집으로 돌아갔다. 그 후 연락이 뜸해졌고 그 즈음 나는 생각지도 못한 이런저런 구설수에 휘말렸다. 누구라도 만나 이야기를 나누지 않으면 안 될 것처럼 가슴이 답답하고 터질 것만 같았다. 그녀가 떠올라 연락을 취했다. 남편과의 일이 복잡하여 모든 게 귀찮다는 문자 메시지만 날아왔다.

언젠가 지인이 한 말이 생각났다. 사람을 사귈 때는 적당한 간격이 필요하다는 것이다. 그렇다고 굳이 거리를 둘 것까지야 없겠지만, 상대가 나를 좋아한다고 너무 가깝게 지내서는 안 된다고 했다. 마음에 들지 않는 사람에게도 마찬가지다. 마음속으로 그 사람을 멀리 둘 일이지 굳이 내색을 하여 밀어내지 말라는 뜻이었다. 좋았던 사람이 싫어지기도 하고, 싫어했던 사람이 좋아져 오래도록 교분을 쌓게 되는 경우를 종종 봐왔다는 말도 잊지 않았다. 하지만 그것이 어디 말처럼 쉬운 일이겠는가.

사람과 사람과의 거리는 어느 정도가 적당할까. 홍시도 아니고, 간격을 둬야 한다는 말은 아무래도 좀 거슬린다. 나는 사람을 잘 볼 줄 모른다. 감 골라내듯 좋은 사람 안 좋은 사람, 오래 갈 사람과 가다가 말 사람을 가릴 줄도 모른다. 다만 나와 함께 하는 사람에게 최선을 다할 뿐이다.

갑자기 연락이 끊긴 그녀에게서 일 년쯤 지난 엊그제, 만나자는 문자 메시지가 왔다. 커피 집에서 마주한 그는 고백할 게 있다 하더니 대뜸 내게 용서를 빌었다. 의아했다. 내가 그에게 용서를 하고 말고 할 일이 있기는 했던가. 그의 표정만 살폈다. 그는 떨리는 목소리로 천천히 말했다. 내가 다른 사람과 친하게 지내는 게 질투가 나서 이간질을 하고 없는 말을 지어서 퍼트렸다는 것이다. 집으로 돌아가며 곧 후회를 했지만 이미 때는 늦었고 더 이상 내 얼굴을 볼 자신이 없어 남편 핑계를 대고 나를 피했다고 털어놨다. 가깝게 지내는 그녀의 친구가 이제라도 용서를 빌라 하여 늦게나마 용기를 냈다고 했다. 정말 미안하다고 말하며 커피 잔을 감싸는 그녀의 손이 파르르 떨렸다. 일순 온몸에 맥이 풀렸다. 당시에 말을 해줬으면 어땠을까, 아쉬움이 밀려왔다.

인간관계란 참 모를 일이다. 사람의 속을 알 수 없으니 말이다. 나 좋으면 그만 아닐까 생각하지만 상대방이 내 마음과 같지 않다면 이 또한 문제다. 그렇다고 이제 와서 어쩌겠는가. 사람 가림을 잘 못하는 내 성격 탓인 것을. 그냥 내 살던 대로 살아갈 밖에. 앞으로도 나 좋다고 다가오는 이는 가슴에 안을 터이고, 어느 날 갑자기 그가 좋지 않은 뒷모습을 보이고 떠나면 한 동안 가슴앓이를 하게 될 것이다.

식탁 위에 홍시 다섯 개가 접시에 담겨 있다. 이번 감은 간격을 잘 유지해서인지 무척 싱싱하고 때깔도 좋다. 앉은 자리에서 대여섯 개는 거뜬히 먹어치울 정도로 감을 좋아하지만, 왠지 오늘은 선뜻 손이 가지 않는다.

화분

분갈이의 기본은 화초의 물색대로 분을 골라 식물의 습성에 맞게 흙을 선택해 심는 일이다. 더러는 눈짐작이 맞지 않아 기껏 심어 놓은 화초를 다시 좀 더 큰 화분으로 옮겨 심기도 하지만, 대체적으로 화분과 잘 어울리게 심는 편이다. 하기는 이 일을 한 지도 어언 10년이 넘었으니 크게 잘못될 일도 없다.

봄이 되자 겨우내 엄살을 부리던 '불로초'가 힘차게 기지개를 켠다. 아무래도 녀석의 성장 속도로 보아 머지않아 화분이 옹색해질 터이다. 하얀 색의 키가 크고 날씬한 사각 화분과 자줏빛 둥근 도자기분에 나누어 심기로 한다. 당장은 화초가 화분에 비해 왜소해 보일 테지만 성장 속도가 빠른 녀석에게 곧 알맞은 보금자리가 될 것이다.

화초를 화분에 담아보면 그때서야 안다. 어림짐작으로 보아 그 그릇에 맞을 듯하나 막상 담아 보면 터무니없이 작거나 큰 경우를 더러 봐왔다. 눈짐작만으로 가능한 일이 아니라는 것이다.

분갈이를 하면서 내 그릇의 크기는 얼마만하며 모양새는 어떨까 하고 생각해 본다. 성격이 소심하여 남 앞에 당당히 나서지 못하고 불의를 보면 참견도 못하면서 분노한다. 인내심도 부족하다. 또한 끈기도 없다. 그러니 내 그릇은 너무 작으며 모양도 보잘것없다. 그런데 혹자는 나를 그릇이 큰 사람으로 보기도 한다.

여러 사람이 모여 대화를 할 때, 말을 잘 안 하는 나를 두고 속이 깊고 진중해서 그런 것이라 하는 이도 있다. 사실은 아는 것이 많지 않아 그들의 대화에 끼어들 수가 없어서인데, 그들이 보기엔 말을 아끼고 행동을 조심하는 것으로 보이나 보다.

사람의 성격이나 됨됨이도 언젠가는 드러나도록 되어 있다. 어쩌다 보는 이들이야 처음 본 느낌대로 받아들이겠지만, 오랫동안 나를 지켜본 이들은 내 성품과 그릇의 크기를 이미 알고 있을 것이다.

나는 내 그릇이 깊고 넓었으면 좋겠다. 웬만한 일로는 흥분하지 않고, 상대를 배려하며, 자신을 낮출 줄 아는 마음으로 가득 찬 그릇이라면 더욱 좋겠다. 나이로 보면 그럴 만도 하건만 아직 나는 나잇값을 못하고 있다.

자신의 그릇을 키워가는 일이 쉽지만은 않을 것이다. 그래도 매사 생각에 생각을 거듭하고, 좋은 책, 좋은 음악으로 습관을 들이다보면 한

결 나아지지 않을까 싶다.

요즘 나는 틈나는 대로 고전음악을 듣는다. 집에서도 화원에서도, 또는 운전을 하면서도 일부러 클래식을 들으려고 한다. 나를 오랜 만에 보는 친구는 고리타분하게 그런 곡 듣지 말고 신나는 팝이나 대중가요를 들으라고 전한다. 다른 한 친구는 내 이미지와 안 어울리니 맞게 놀라고 노골적으로 면박을 주기도 한다. 처음엔 나 자신도 낯설고 어색했던 건 사실이지만 자꾸 듣다보니 이제는 꽤 들을 만해졌다. 어차피 훈련을 하는 것이니 싫증이 나도 계속 해보자고 스스로 다독인다.

독서도 전보다 많이 하려고 한다. 예전에는 잡독을 했지만, 요즘은 되도록 좋은 글을 골라 읽는 습관을 기르는 중이다. 수필을 공부하는 중이니 좋은 수필을 의식적으로 찾아서 본다. 유명한 수필가가 쓴 글부터 소문난 문장가의 글을 골라 읽는다. 삶도 살찌우고 싶고 나 역시도 그런 글을 쓰고 싶기 때문이다.

명상을 해보기도 한다. 나는 남에게 어떤 사람이며 나 자신은 누구인가에 대해서도 깊게 궁리를 해본다. 남의 말을 귀담아 들어 좌표로 삼기도 하고 주위를 돌아보며 내 인생에 이정표가 될 만한 이들을 찾는다.

과연 나는 맘에 드는 화초를 골라 심을 만한 넉넉한 그릇이 될 수 있을 것인가.

내 그릇의 크기가 작다한들 금방 큰 것으로 바꾸기는 어렵다. 화초가 자라는 걸 보면서 그릇을 키워갈 밖에. 화초를 심으면서 생각을 다듬는다.

현관
앞에서

지난 8월엔가 이사를 했으니 벌써 석 달째다. 집을 보러 왔을 때, 아파트는 낡을 대로 낡았고 집안에서는 퀴퀴한 냄새가 났다. 냄새의 발원이 창 너머 강이라는 걸 잠시 후 알게 되었다. 망설였다. 이렇게 냄새 나는 집에서 살 수 있을까. 수년 전 양주시 D아파트에 살 때도 그랬다. 아침 공기를 맡으려 창문을 열면 돼지농장에서 풍겨오는 악취에 놀라 급히 문을 닫아버리곤 했다. 햇살이 좋아도 그 집 베란다에는 빨래를 널 수가 없었다. 냄새가 날까봐 외출 전에는 옷에 코를 대고 킁킁댔다. 여기도 그곳에서처럼 새벽공기를 맘 놓고 맡을 곳은 아닌 듯했다.

전망은 좋다. 왼쪽으로 멀리 소요산이 보이고 맞은편으로는 왕방산이 누워 있다. 그 안으로 동두천 시가지의 오밀조밀한 건물들이 말을 걸어오는 것만 같다. 크고 작은 건물숲을 지나면 바로 도로가 보이고 그 다음은 아파트 가까이로 강이 흐른다. 되었다. 그래, 이것으로 된 것이다. 나는 황급히 현관에서 바라다 보이는 야경을 상상하며 집 계약을 하였다.

세를 주고 사는 집이지만 사는 동안은 내 집이니 몇 군데 손을 봐야 했다. 도배와 장판을 새로 했다. 본드 냄새가 진동해 사나흘 현관문과 베란다 문을 열어두었다. 가구와 가전제품이 제자리를 찾으니 그제야 내 집처럼 느껴져 일을 마치면 당장 달려오고 싶은 곳이 되었다.

현관에 들어서면 보통 두세 켤레의 신발이 나를 반긴다. 어떤 신발은 늘 그렇게 그 자리에 앉아 있고 또 어떤 신발은 하루에 한 번씩 자리가 바뀐다. 신발장이 바로 옆인데도 넣게 되지 않는다. 신발을 그대로 놔두는 것은 빈 현관이 허전하기 때문이었다. 불 꺼진 집에 들어와 나란히 놓인 두세 켤레의 신발을 보면 마음이 편안했다. 혼자인 것을 인정하고 싶지 않은 걸까?

나는 동두천시의 야경을 불을 켜지 않은 채 현관에 서서 감상하기를 좋아한다. 베란다에서 보는 야경과는 감상의 구도가 다르다. 얇은 커튼 너머로 내다보이는 현관에서의 야경은 내 영혼을 흔들어 놓을 정도로 황홀하다. 세계의 내로라하는 야경을 여기에 견줄까.

어떤 땐 현관 옆 식탁의자에 앉아 실내등을 끈 채로 시가지의 보석 같은 불빛을 본다. 가끔은 이른 새벽에 일어나 밤을 새운 그들을 바라보며 천천히 다가오는 아침 불빛을 맞으며 하루를 준비하기도 한다.

저녁밥을 짓다가 식탁의자에 앉아 창 너머 동두천 중앙역을 바라본다. 소요산 방향으로 가는 열차가 선다. 마치 영화 속 한 장면 같다. 하루를 긴장 속에서 보낸 가장들이 바삐 집으로 돌아가기 위해 중앙역 계단을 내려온다. 그들 중에는 트렌치코트 깃을 세우고 포장마차로 들어가 어묵 한 사발에 소주 한 잔을 들이키는 이도 있을 것이다. 어떤 이는 허기를 달래기 위해 붕어빵 한 봉지를 사들고 한 입 베어 물고는 집으로 가는 버스에 올라탈 것이다. 몇 명이 열차에 오르고 또 몇 명이 그곳에서 내릴지는 모르겠으나 떠나는 이가 있으면 다시 그곳에 찾아오는 이가 있다는 것이 현관과 다르지 않은 것 같다.

아직도 나는 신발을 벗지 않은 채 물끄러미 현관에 놓인 몇 개의 신발을 바라본다. 굽이 닳은 단화가 유난히 아프게 와 닿는다. 몇 년을 바쁘게 나와 함께 한 신발이다. 화원 일의 특성상 뾰족구두는 불편하다. 일이 많을 때에는 일에 방해가 되기도 하지만 발에 대한 혹사가 아닐 수 없다. 그러기에 대부분 발이 편하고 일하기에 지장이 없는 단화를 신게 된다.

그런데 이 집으로 이사를 오면서 단화를 신은 게 몇 번인가 싶다. 일감이 떨어진 것도 아니고 그 신발이 불편해서도 아니다. 굳이 단화를 신지 않아도 일에 지장이 없음을 알았던 때문이다. 발에 멋을 내도 충분히 좋았을 것을 꽃일은 거친 일이라고 앞서 생각하며 편안한 신발만 고집했다. 지금 단화는 현관에서 쉬고 있는 중이다. 내가 그에게 잠시

휴가를 내주었다. 신발장으로 들어가 앉아 캄캄한 곳에 오래도록 있는 게 아닌, 늘 있던 그 자리에서 잠시 힘을 비축해 두었다가 어느 날 갑자기 내가 신호를 주면 불끈 일어 설 모습으로.

현관 앞에서 전신거울을 통해 나를 본다. 키가 자라다가 만 사람 같다. 근래 들어 부쩍 살이 붙은 몸을 눈으로 천천히 더듬어본다. 살이 붙으면서 날카로운 인상은 다소 사라졌지만 여전히 고집스럽게 생긴 얼굴이다. 좀처럼 지칠 것 같아 보이지도 않는다. 나는 이 얼굴이, 아니 이 사람이 맘에 든다. 웬만한 일에 엄살 부릴 줄 모르고 흐르는 변화를 적절하게 받아들일 줄 알며 마음이 가 닿지 않는 일 앞에서는 훙정조차 하지 않는 여자. 이 여자는 저 작은 몸으로 참으로 많은 고비를 잘도 견디며 여기까지 왔다. 앞으로 갈 길이 더 멀다는 것을 알고 있지만 이젠 두렵다거나 거추장스럽다는 생각은 접은 지 오래다. 힘들었지만 비교적 복 받으며 산 셈이다. 주변에 좋은 분들이 나무처럼 곁에 서서 그늘이 되어 주기도 하고 바람을 실어오기도 했다. 아무나 얻는 축복이 아니다. 누구에 의해 살아진다는 거, 누구를 위해 살아야 한다는 것, 나는 그 말이 어떤 의미를 갖고 있는지 조금은 알 것 같다.

혼자 있되 혼자가 아닌 나는 현관 앞에 놓인 신발을 바라본다. 뚜벅뚜벅 지금처럼만 걸어가도 나쁘지 않겠다고 그들이 내게 응원하는 것만 같다.

밑불

연탄불을 꺼뜨렸다. 매장 안이 썰렁하다. 추위에 약한 식물은 벌써 잎이 얼룩지고 축 늘어졌다. 난로 뚜껑을 열어보니 연탄이 타다 말았다. 밑불이 약했나 보다.

올해는 기름보일러 대신 연탄을 때기로 했다. 연탄 가는 게 귀찮고 번거로워 기름보일러를 설치했지만 삼십여 평을 감당하기에는 비용이 만만치 않아 연탄으로 대체하기로 한 것이다. 문제는 내가 연탄 가는 게 서툴다는 것과 만약에 불이 꺼졌을 경우 주변 상가 사람들에게 밑불을 빌려달라는 말을 못한다는 데 있다. 새 연탄 한 장 들고 가 불붙은 연탄으로 바꿔 오는 게 뭐 그리 대단한 일이라고 여직 그 짓을 못하고 있다. 그 덕에 번개탄 한 줄을 몽땅 태우고도 불을 살리지 못한 때도 있었다.

불이 꺼지면 비상이다. 손님들은 냉랭한 공기에 적응하기도 전에 불쾌한 표정으로 문을 밀고 나갈 것이다. 직원 또한 투덜댈 것이고 추위에 약한 나는 덜덜 떨며 발을 구를 것이다. 생각만으로도 난감하기 이를 데 없다.

내 인생에도 밑불 관리를 잘못해 불이 꺼진 때가 있었다. 좀 더 잘해보자고 4년 전에 인근 도시로 이사를 해, 무리해서 건물을 지은 것이 화근이 되어 그동안 모아둔 돈과 은행에서 빌린 돈 전부를 날려버리다시피 했다. 이사하고 일 년쯤 지나 징조가 보였으니 미리 정리를 했더라면 불씨를 완전히 꺼뜨리지는 않았을 텐데…. 이러다 좋아지겠지, 미련을 안고 견딘 것이 결국 밑불조차 남겨두지 못하는 결과를 낳고 말았다.

잠이 들면 날이 밝는 게 두려웠다. 하루가 어찌 가고 일주일이 어떻게 흐르는지 정신을 차릴 수 없었다. 월요일부터 금요일까지는 속이 쓰리고 헛구역질까지 났다. 은행에서 독촉전화가 오고 거래처에서는 외상값 정리를 요구했다. 차라리 전화기를 없애버리고 싶었다. 고통은 감당할 만큼만 주어진다고 하던데 내게는 그렇지 않은 듯했다. 자살을 생각했다. 주변에서는 파산신고를 하라고 했지만 그 일은 죽기보다 싫었다. 자동차를 몰고 가다 눈 딱 감고 전봇대를 들이받아 볼까, 욕실에 들어가 일을 치를까, 높은 곳으로 올라가 볼까 별별 구상을 다했지만 나는 겁쟁이였다.

화원을 정리하기에 이르렀다. 있는 물건들은 같은 일을 하는 언니에게 전했고 식물들은 필요한 사람들에게 나눠줬다. 잘 생긴 식물들이 차에 실려 떠나는 것을 바라보면서 나는 속으로 눈물을 삼켰다.

그리곤 그 후 두문불출했다. 아무도 만나고 싶지 않았다. 누구도 생각하기 싫어졌다. 어디서부터 잘못되었는지 따지는 것조차 무의미했다. 이유는 이미 내가 알고 있는 바이고 후회해 봤자 소용없는 일이기 때문이다. 가족들 모임에도 가지 않았다. 내가 견디려면 잠시라도 세상과 등을 돌리는 것도 한 가지 방법이라 생각되었다. 그렇게 나만의 세계에 들어가 몇 달을 숨죽여 지냈던 것 같다.

어느 날 문우로부터 연락이 왔다. 잠시 만나 차나 한 잔 하자는 것이었다. 하지만 내키지 않았다. 누구도 만나고 싶지 않을 만큼 내 마음은 황폐해 있었고 몰골도 말이 아니었다. 하지만 그는 집요했다. 그가 열어준 문을 열고 밖으로 나왔을 때 난 배신감을 느꼈다. 내가 없다고 세상에 어떤 문제가 생길 거라는 착각을 한 것은 아니었지만 내가 가슴을 훑으며 방안을 기어 다닐 때에도 세상은 아무 일 없는 듯 잘 돌아가고 있었다는 사실이 허탈하기만 했다.

언제까지 갇혀 지낼 것이냐고, 당장 모든 것 털어버리고 빠져나오라고 그가 말했다. 나는 아무 말도 하지 않았다. 속으로 눈물만 흘릴 뿐이었다. 그의 눈은 내게 정신 똑바로 차리라고 외치는 듯했다. 그는 나의 당당한 모습이 맘에 들었다고 했다. 아무 것도 없으면서 큰소리 뻥뻥 칠 때가 오히려 좋았다고 했다. 달라진 것은 아무것도 없다며 내 어깨를 토닥거려 주었다.

서너 달쯤 지났을 때였다. 전에 내가 화원을 하던 곳의 주인이 가게를 접을 것이라는 소식이 들렸다. 나는 그 문우를 떠올렸다. 그에게 전화를 걸었다. 그는 대뜸 계약을 하라고 했다. 다음 날 그에게서 받은 긴 편지에는 꿈 이야기가 쓰여 있었다. 나의 통장에 화원 보증금도 입금돼 있었다. 어떤 마음으로 내게 그러는지는 묻지 않았다. 아무 생각도 하고 싶지 않았다. 그저 그가 내게 주는 밑불이라고만 생각했다.

개업을 한 지 7개월이 지나가고 있다. 한시도 그를 잊은 적이 없다. 그의 호의가 헛되지 않게 하기 위해 최선을 다해야 한다는 생각이다. 그는 아침마다 긍정의 메시지가 담긴 문자를 보낸다. 어떤 땐 긴 이메일을 보내기도 한다. 나는 그를 '나의 키다리 아저씨'라 부른다.

그 동안 새벽부터 늦은 밤까지 정말 열심히 뛰었다. 그래서 지금은 그가 빌려준 돈을 갚았지만, 그의 호의는 평생 갚아도 다 갚지 못할 것이다. 그가 준 밑불로 분명 활활 타서 왕성해질 것이다.

엊그제 문단의 지인으로부터 '성誠하면 명明해지고 명한 즉 성한다(誠則明, 明則誠)'는 말씀을 들었다. 그 말씀을 따라 모든 일에 성실하게 임할 것이다. 그래서 보란 듯 일어나 내게 호의를 베풀어준 그에게 보답할 것이다.

오늘 아침 나는 처음으로 옆집에서 연탄난로 밑불을 얻어왔다. 의외로 쉬운 일을 그 동안 혼자서 끙끙 앓았다. 이제부터는 힘든 일이 생길 때마다 나 혼자 생각하다 포기해 버리고 마는 버릇을 고치려고 한다. 내가 손을 안 뻗었을 뿐이지 내 주변의 사람들은 항상 나의 손을 잡고자

했음을 알았다. 흔쾌히 밑불을 내준 옆집 할아버지의 따뜻한 마음을 나는 아침 선물로 받았다. 아궁이를 활짝 열었다. 매장 안이 금세 훈훈해지는 느낌이었다.

관여觀如의 등

눈을 뜬 시각은 새벽 5시 무렵. 기지개를 켜려는 찰나 거대한 산 하나가 창 앞에 놓여 있었다. 멀리 항구의 불빛이 그 산을 가르고 들어왔다. 순간 나는 놀란 짐승처럼 움직일 수 없었다. 눈만 껌벅이며 바라볼 뿐, 감히 그 산의 고요에 끼어들 수 없었기 때문이다.

사흘 전 삼십여 명의 문인들과 일본 규슈로 문학기행을 떠났다. 서두름이 없는 연세든 분들과의 여행은 늘 종종거리며 살고 있는 내게 천천히 사는 법을 가르쳐주었다. 하루 일정이 끝나면 동행들과 떨어져 룸메이트인 관여觀如 선생님과 시간을 보냈다. 마지막 밤, 우리는 나가사키 항구가 내다보이는 호텔에 짐을 풀었다. 짧은 밤을 보내고 눈을 뜬 새벽, 그 분의 등을 본 것이다.

그는 누빔 외투를 어깨에 걸치고 산처럼 앉아 있었다. 머플러도 둘렀다. 창 밖에서는 바람이 대나무를 흔들었다. 잠시 그 분의 머플러도 흔들리는 것처럼 보였다. 솜이불을 덮고 잔 나는 땀에 젖었는데 그 분의 마음은 아마도 밤새 창밖에 있었던가 보다.

나는 그 분이 눈치채지 못하게 이불을 쓰고 앉아 숨을 죽이며 바라보았다. 그의 눈앞엔 나가사키 항구가 있었고 나는 그의 등을 통해 항구를 보고 있었다. 2,30분 정도 지났을까. 묵묵하던 그의 어깨가 잠시 우수憂愁 쪽으로 기울었다. 무슨 생각을 하고 계신 것일까. 풍경이 되신 그 분의 모습을 지켜보는 것도 하나의 풍경이 되리라.

조금 뒤 그가 기척을 느꼈는지 천천히 돌아보며 내게 인사를 했다. 그의 표정은 내가 짐작했던 것보다 훨씬 편안해 보였다. 나는 편히 주무셨나요? 라고 말하며 그 분 옆으로 다가갔다. 내게 맞은편 의자를 가리켰다. 우리는 여명이 불빛을 삼키고 있는 나가사키 항구를 말 없이 바라보았다.

선박은 차비를 마쳤는지 소리 없이 물살을 가르며 떠나고 있었고 밤새 요란했던 불빛은 힘 없이 물결 사이에서 일렁였다. 그 분은 멀리 내다보이는 항구에 한참 눈을 주더니 영화 〈게이샤의 추억〉과 〈마담 버터플라이〉의 장면들이 떠오른다고 말했다. 그의 손은 밤새 바람을 맞은 듯 차가워 보였다. 손을 잡아주고 싶었다.

"이번 '에세이문학기행'이 벌써 일곱 번째예요. 어쩌면 내게 더 이상의 여행은 없을지도 몰라요. 그간 동행했던 사람 중 몇 분은 이미 먼 곳으로 여행을 가버렸고, 당연한 변화이지요. 원로 분들의 걸음걸이가 그 전보다 달라 보이지 않나요? 그런데도 온 거예요. 정말 잘 왔어요. 나중은 없는 것이니까."

그 분의 호가 그러하듯 그는 여일하게 마지막을 생각하고 사는 사람 같았다. '마지막'이란 말은 언제나 슬프지만 아름답다. 그래서 마지막을 생각하는 사람의 등은 쓸쓸하지만 아름다운가 보다.

그의 눈동자가 젖어 있었다. 언제부터 그 분은 마음속 상처들을 다스리며 긴 행로를 걷고 걸어온 것일까. 그의 앞모습이 뒷모습보다 훨씬 무거워보였다.

등 뒤로 가서 관여觀如 선생님의 어깨를 안고 싶었다.

항구의 풍경이 바람에 잠시 흔들렸다.

형주의 정원

형주 씨는 도서관에서 우연히 만난 타샤 튜더의 『타샤의 정원』을 보고 감동했다. 그날 이후 타샤처럼은 아니더라도 자신만의 그럴듯한 정원 하나 갖는 게 꿈이었다.

타샤 튜더는 『비밀의 화원』과 『소공녀』의 그림을 그린 화가로서 미국인이 가장 사랑하는 작가다. 그녀의 정원은 일 년 내내 꽃이 지지 않기로 유명하다. 18세기의 영국식으로 꾸민 정원은 전 세계 원예가들의 부러움을 받고 있으며 자연을 존중하고 삶을 사랑하는 타샤의 낙천적인 성격과 부지런함이 정원에 고스란히 배어 있다고 책에서는 소개한다.

형주 씨는 양주시의 B마을에 산다. 평소에 꽃을 좋아하는 그녀는 집 주변에 자투리땅이 생기면 꽃씨를 뿌렸다. 길을 가다가 거리의 코스모

스나 봉숭아 등 솎아주어야 할 꽃을 보면 뽑아다 자신의 화단에 심었다. 형주 씨가 꽃을 좋아한다는 것을 알고 있는 이웃들은 우정 모종을 가져오곤 했다. 봄부터 가을까지 그녀의 화단에는 꽃이 지지 않았다.

어느 비 오는 날, 그녀로부터 초대를 받았다. 감자와 옥수수를 삶았으니 함께 먹자는 것이었다. 머리도 무거운데 잘 됐다는 생각에 냉커피도 기대를 한다는 답장을 보내놓고 집을 나섰다. 세상은 온통 젖어 있었다. 심술궂은 태풍이 휩쓸고 간 농작물은 아무렇게나 쓰러져 보는 이를 안타깝게 했다. 집을 나서기 전 마음이 울적했던 것과는 달리 쓰러진 농작물을 보니 정신이 번쩍 들었다. 보이는 곳마다 한바탕 전쟁을 치른 듯 엉망이었다. 이럴 땐 우울도 사치다.

큰비가 그치면 농부는 시키지 않아도 밭이나 논으로 서둘러 나간다. 쓰러진 농작물을 바로 세우고 막혀버린 물길을 만들어 망가진 밭이나 논의 모양을 다시 만들 것이다. 비가 그친 후에야 어느 곳이 엉성해서 무너졌으며 어느 곳이 튼튼하여 잘 견뎌냈는지를 알게 된다. 여름을 이겨낸 가을을 보면 포기나 절망 따위는 농부의 몫이 아닌 것 같다.

형주 씨는 40대 초에 남편을 먼저 보내고 아이들과 살고 있다. 그녀가 남편에 대해 이야기 할 때는 언제나 현재 진행형이었다. 그러니 그녀에게 남편이 없다는 사실을 짐작조차 할 수 없었다. 얼마 후 다른 사람을 통해 그녀의 남편에 대한 소식을 듣게 되었을 때 뭔가 크게 속은 기분이었다. 요즘은 이혼이나 사별이 더 이상 흉이 아니다. 사별했다고 솔직하게 말한다 해서 남들에게 손가락질 받을 일도 아닌데 남편이 있는 여자처럼 행동하는 그녀가 왠지 마뜩찮았다. 어느 날 불쑥 찾아와 힘겹게 고백하기 전까지는.

남편은 예고도 없이 떠났지만 그녀는 아직도 남편을 보내지 않은 듯했다. 남편의 부재를 인정하는 순간 모든 것이 무너져버릴 것만 같아 겁이 났다고 했다. 금슬이 유난히 좋았던 탓이었을까.

형주 씨도 농부의 다짐처럼 남편이 가고 나서야 본인이 더욱 강해져야 함을 알았을 것이다. 그녀만의 삶의 방편으로 남편을 붙들어 두고 있었던 것이라는 생각에 미치자 잠깐 동안이었지만 그녀가 감추고 싶은 부분을 끄집어내려 했던 자신이 부끄러웠다. 또한 남편을 잃고 무너져버릴 것만 같은 가정을 꿋꿋하게 세우려 부단히 노력한 그녀가 대견스러웠다. 어떤 바람에도 흔들리지 않고 농사일만으로 아이들을 키우며 틈틈이 자신이 좋아하는 화단을 가꾼 그녀가 대단하고 멋져보였다.

그녀의 정원에는 온갖 꽃들이 한창이었다. 보기만 해도 황홀한, 바람이 불 때마다 길쭉길쭉한 몸을 힘차게 흔들어대는 족두리꽃, 언제나 나의 가슴을 설레게 하는 봉숭아, 어두운 듯 밝고 멀리서 보면 반딧불이 같은 보랏빛의 천일홍, 그 색이 선명하고 꽃빛이 단단하여 더욱 슬퍼 보이는 백일홍, 줄기에 자글자글 잎을 달며 바닥을 기고 있는 채송화까지.

고대 로마의 건축물이 연상되는 두 개의 굵은 기둥 사이로 나무대문이 나 있다. 기둥 옆으로 놓인 돌확에는 부레옥잠이 꽃을 피웠다. 생이가래와 개구리밥이 떠 있는 또 다른 돌확에서 작은 물고기가 놀고 있었다. 문을 들어서면 옛 집의 냄새가 물씬 풍긴다. 습도가 높아, 이 집도 꼼꼼하기는 마찬가지지만 집안은 밖의 화단처럼 정갈하기 이를 데 없었다. 군데군데 소녀적 인테리어도 돋보였다. 그녀가 주방으로 가 찻물을 끓이는 동안 나는 넓은 창문이 있는 곳으로 갔다. 내가 이름을 붙인 '형주의 정원'이 한눈에 보였다. 창밖은 비가 내리고 있었다. 내가 걸어온 길 양 옆으로 이른 코스모스가 한껏 바람에 몸을 맡기고 있었다. 붉게 핀 봉숭아도 한창이다. 해바라기도 얼굴을 내밀었다. 빗방울이 다시 굵어졌다. 옥수숫대가 바람에 흔들렸다. 돌확에 파문이 일었다. 그 안의 물고기들이 빗방울을 따라 바삐 움직였다.

그녀는 냉커피보다는 따뜻한 밀크커피가 좋을 듯하다며 찻상을 내왔다. 감자와 옥수수에서도 커피향을 묻힌 듯 좋은 향이 나는 김이 모락모락 피어올랐다. 내가 도착할 시간에 맞춰 감자랑 옥수수를 삶아낸 것이었다. 그녀가 내주는 방석에 그녀와 마주앉았다.

무엇 하나 대충인 것이 없는 형주 씨. 나는 그녀의 정원을 바라보며 달콤한 커피를 마셨다. 그때가 벌써 3년 전 일이다.

오늘 우리는 오랜 만에 문자 메시지를 주고받았다. 그녀는 여전히 나를 귀여운 아가씨라고 불렀고 나는 타샤를 떠올리며 그녀의 지금 모습을 상상해보았다. 그녀의 정원은 여전할까. 갑자기 조바심이 났다. 눈을 감고 그녀의 집을 그려나갔다. 그녀는 조만간 놀러오라고 했다. 나는 비오는 날이면 더 좋겠다고 답했다.

그녀를 닮아 부산스럽지 않고 단정한 그녀의 정원, 나의 마음은 벌써

형주의 정원으로 달려가고 있었다.

그런데 현관에 놓여 있던 남편의 신발은 그대로일까.

유쾌한 빵집

매달 넷째 주 목요일에 조찬모임이 있다. 겨우 네 사람이지만 이른 아침 해장국을 먹고 커피 한 잔을 마신 후 헤어진다. 그게 벌써 넉 달째다.

우리는 아침 7시에 의정부에 있는 해장국집에서 만난다. 노량진에서 오는 K선생, 창동에 사는 L선생, 의정부의 또 다른 K선생, 그리고 양주에 사는 나.

이른 새벽 나는 잠이 덜 깬 부스스한 얼굴로 집을 나서곤 한다. 안개가 자욱한 길을 더듬더듬 운전하기도 하고, 내리는 비에 공연히 마음까지 흠뻑 젖어 도착하는 날도 있다. 우리는 매달 만나면서도 그때마다 가슴이 설렌다.

모두 글 쓰는 일을 취미로 가졌기에 우리의 대화는 대부분 글 이야기다. 이달에 실린 아무개의 글이 한층 성숙됐다거나, 누구는 수필보다는 평론이 잘 어울린다 하기도 하고, 작품 속 작가는 정말 착하기만 한 걸까 등등 엉뚱한 이야기까지 서슴지 않는다. 평일이고 출근을 해야 하는 이가 있어 긴 시간을 함께 할 수는 없지만 주어진 시간에 만족한다.

식사가 끝나고 나면 길 건너 빵집으로 간다. 아메리카노 커피 한 잔을 앞에 두고 이야기를 나누다 보면 시간이 훌쩍 지나간다. 누가 먼저랄 것도 없이 주섬주섬 가방이며 외투를 챙겨 자리를 뜬다. 우리가 빵집을 나오는 시각은 대부분 오전 8시 20분쯤이다.

올 해 들어 세 번째 조찬이 있는 날이었다. 그날 따라 가볍게 잠에서 깨어났다. 이른 시간인데도 흔치 않게 화장이 잘 되고 옷 고르는 데도 시간이 오래 걸리지 않았다. 무슨 기분 좋은 일이 있으려나, 공연히 기대감에 부풀었다.

평소처럼 식사를 마치고 우리는 빵집으로 향했다. 문 밖에서부터 커피향이 은은하게 풍겼다. 경쾌하게 울리는 겨울노래는 발걸음을 한층 가볍게 했고, 마치 마법에 걸린 듯 스펀지처럼 부드럽게 우리를 빵집 안으로 빨아들였다.

"굿모~닝~!"

생김새와 다른 부드러운 남자의 목소리에 깜짝 놀랐다. 신문을 보던 중년남자가 우리를 향해 친숙하게 손을 흔들며 굿모닝을 외치는 것이었다. 음악과 함께 그의 목소리는 리듬을 타고 있었다. 처음 보는 남자다. 그런 인사에 익숙하지 않은 우리는 머뭇거리며 아, 예, 안녕하세요, 라고 한 뒤 남자가 읽던 신문을 접고 일어나서 권하는 자리에 어리둥절해 하며 앉았다. 내가 주문대 앞으로 갔을 때, 남자는 아까의 그 유쾌한 얼굴로 커피 주문을 받았다. 목소리는 여전히 기타 줄을 튕기는 것처럼 통통 튀었다. 나쁘지 않았다. 아니, 기분이 절로 좋아졌다. 공연히 두리번거리면서 빵 몇 개를 쟁반에 더 담았다. 방금 식사를 마친 사람 같지가 않았다. 치즈를 좋아하는 나는 치즈가 듬뿍 든 빵을 골랐다. 어른들을 위해 부드러운 카스텔라도 집었다. 입맛이 까다로운 L선생을 위해 패스추리도 잊지 않았다.

빵집 남자는 빵을 하나씩 접시에 담으면서도 연신 말을 건다.

"아, 이 빵을 선택하셨네요. 이건 우리 빵집에서만 판매하는 직접 만든 빵으로 인기가 좋답니다. 그리고 요 빵은 많이 달지 않아 좋을 거예요. 패스추리는 입안에서 살살 녹아서 좋지요."

남자의 미소에 빵집의 모든 빵을 다 사도 나쁘지 않을 것이란 되지도 않은 생각을 하면서 쟁반에 담긴 커피와 빵을 들고 자리에 앉으려고 할 때였다.

"굿모~닝~!"

나는 엉거주춤 서서 문 여는 소리가 나는 쪽을 바라보았다. 빵집 남자는 출입문을 밀고 들어서는 한 아가씨를 향해 예의 부드러운 미소를 띠며 우리에게 했던 것처럼 손을 흔들었다. 여자는 아까 우리와는 달리 그 남자의 인사가 익숙한 듯 남자를 향해 웃으며 하이! 하고 답했다. 그들의 인사가 그렇게 잘 어울리는 하모니가 될 줄 몰랐다. 여자는 빵집 점원이었다. 그들은 매일 이런 식으로 인사를 나누는가 보다.

정말 유쾌한 빵집이었다. 들어서면서부터 기분이 절로 좋아지는 빵집이다.

업종은 달라도 같은 서비스업인데 나는 한 번도 빵집 남자와 같이 경쾌하게 인사를 해 손님을 맞아본 적이 없다. 교양 있는 척, 최대한 점잖은 목소리로 어서 오세요, 라고 인사를 건네곤 했다. 되도록 얌전하게 인사해야 손님에 대한 예의라고 생각한 것이다. 내가 어서 오라고 말하지 않아도 그 사람은 이미 온 것인데 다시 어서 오시라 한다. 나의 인사법에 그 누구도 이의를 제기한 적은 없지만 빵집 남자의 인사를 받고 보니 그 동안의 내 인사가 얼마나 재미없는 인사였나 생각되는 것이다.

인사를 어떻게 하느냐에 따라 사람의 기분이 달라진다는 것을 새삼 알게 되었다. 목소리 톤을 어느 정도 높이고 얼마만큼 낮추는가에 따라 상대방의 기분이 달라진다는 것 또한 빵집 남자를 통해 뒤늦게 알았다. 이참에 나도 연습을 해야겠다. 이왕이면 내 집이나 화원에 오는 손님을 유쾌한 말과 목소리로 맞아야겠다. 장삿속이 아닌, 어디까지나 사람과 사람 사이에 윤활유 역할을 하는 인사말을 하는 것이 크게 어려울 것 같지도 않다. 아주 작은 변화로도 가능할 터이니 한 번 시도해볼 만하다. 우리 네 사람 모두가 빵집을 나오며 같은 생각을 했을지도 모르겠다.

아침부터 일이 술술 잘 풀린다 했는데 하루 종일 기분 좋은 날이었다.

느림의 미학

즐겨 듣는 라디오 프로그램에 청취자의 고민을 들어주는 코너가 있다. 취직을 하기 위해 원서를 백 군데나 넣었는데 아무 데서도 연락이 안 와서 걱정이라는 청취자 사연을 소개하다가 개그맨인 진행자 K씨가 버럭 소리 지르며 한 말에 폭소가 터졌다.

"당신의 능력에 맞는 회사에 원서를 넣으세요. 회사에 당신을 맞추려 하지 말고."

능력껏 꿈을 가져보라는 말로 충분히 공감이 가는 부분이었다.

실업인구가 늘고 있다. 노는 박사가 많고 노는 석사나 학사 또한 많다. 내가 볼 때 일자리가 없다는 말은 맞지 않는다. 모두 자신의 능력을 과대평가하여 남들에게 과시하고자 더 높은 더 좋은 환경의 직장을 원하기에 취업이 어려운 것은 아닐까. 개그맨 K의 말처럼 자신의 능력에 맞는 직장에 원서를 넣고 그곳에서 능력을 키우며 더 큰 곳을 바라봐야 맞을 일이다. 처음부터 대기업에 취직하기를 꿈꾸고 그곳이 아니면 아니라는 듯 몇 년씩 고시원 생활을 하는 이도 있다고 한다. 자식이 자리 잡기를 이제나 저제나 기다리는 부모의 심정쯤은 그들에게는 뒷전이다.

얼마 전 지인의 아들 취직에 도움을 준 적이 있다. 전문대학을 졸업한 그는 무척이나 소심하다. 군대를 다녀온 아이인지조차 불분명할 정도이다. 그는 졸업을 한 지 얼마 되지도 않았는데 취직하라고 재촉한다며 내 등 뒤에 있는 엄마에게 짜증을 냈다. 남들은 학교에 다니면서 취직을 준비한다. 녀석은 졸업 후 적당히 놀다가 취직 준비를 하려고 했나 보다.

"야 인석아, 하루 쉬면 일주일이 금방 가고, 일주일 쉬면 또 한 달이 금방이야. 일 년이라고 금방 가지 말라는 법 있니?"

내 말에 뒤통수를 긁적거리며 멋쩍어하는 녀석에게 이력서와 자기소개서를 작성하라고 일렀다. 마침 아는 회사에서 인턴사원을 모집하는 중이었다. 그는 자꾸만 어미 얼굴을 살피며 도와달라는 눈치다. 나는 언제까지 애처럼 굴 것이냐고 야단쳤다. 그는 늦둥이인 데다 그가 원하는 것은 뭐든 들어준 부모를 둔 덕에 무엇이든 혼자서 해결할 생각을 하지 않았다. 본인이 할 수 있는 일도 부모가 대신 해주는 것, 그것은 한 명 내지는 두 명의 자녀를 둔 대부분의 요즘 부모들이 보여주는 실상이 아닐까.

술자리에서 “넌 무엇이 제일 갖고 싶었어?” 라고 드라마 속 남자는 친구에게 묻는다. 상대방은 갖고 싶은 게 없었노라 대답한다. 자기가 갖고 싶을 새도 없이 부모님이 뭐든 해줬다는 것이다.

나는 부모가 다 해줄 것으로 알고 뭉그적대는 요즘 젊은이들이 불안하다. 흔한 말로 ‘시간은 금’이라는 말이 있다. 우물쭈물 할 시간이 없다는 말이다. 말이 나오면 즉각 행동으로 옮겨야 한다. 그때 하지 않으면 좋은 기회를 놓쳐버리는 경우가 태반이다. 그런 의미에서 나는 근래에 등장한 ‘느림의 미학’이 마뜩찮다. 느림의 철학을 말하는 이는 그것의 의미를 아는, 다시 말해서 인생을 관조할 줄 아는 위치에 선 사람이라야 한다. 젊은이들은 그런 철학에 흔들리면 안 된다. 책으로 지식을 취하는 세대가 요즘 세대라고는 하지만 경험자의 말은 우습고 책이 주는 지식이 전부라 믿는 것은 백 번 위험하다는 생각이다.

몇 달 전 한 결혼식장에서 주례를 맡은 목사의 말이 인상 깊었다. 목사는 신부가 다니는 교회에서 십 년 이상 신부를 지켜보았다며 신부의 부모만큼이나 그녀에 대해 잘 알고 있다고 했다. 그러니 신랑의 어머니에게 부탁의 말씀을 전하고 싶다는 것이었다.

“신부는 못하는 것이 없습니다. 좋은 집안에서 태어나 명문대를 나왔고 해외 유학을 다녀왔으며 좋은 직장에 다니고 있습니다. 한순간도 헛되이 보낸 적이 없습니다. 얼굴도 예쁘고 키도 큽니다. 마음씨 또한 곱기가 하나님이 칭찬할 정도지요. 그런데 딱 한 가지, 흠이 있습니다. 좀 느리다는 거예요. 어머니께서는 이 점만 알고 계시면 되겠습니다. 느림은 나쁜 것이 아닙니다. 성급해서 일을 그르치게 하는 것보다 훨씬 낫습니다. 느림은 때로 지혜로움을 뜻하기도 하지 않습니까?"

얼핏 그럴듯한 말이었다. 주례는 은근히 우리를 그 말에 끌어들이려 했지만 나는 하객 자리에 앉아 하품을 하며 그의 말을 비웃고 있었다. 눈치 없는 목사는 신랑을 바라보며 한 술 더 떴다.

"아침식사 준비는 아내만 하라는 법은 없습니다. 빵을 좀 먹으면 어때요? 집안이 지저분하면 같이 치우면 됩니다. 신혼은 그렇게 하라고 정해놓은 기간일지도 모릅니다."

신랑은 목사의 말에 예, 라고 크게 대답했고 신랑의 우렁찬 목소리에 장안은 웃음바다가 되었다. 신부의 예쁜 얼굴도 더욱 환해졌다. 느림이 더욱 당당해지는 순간이었다.

느림의 미학, 다시 말하지만 그것은 이룬 자들의 깨달음이다. 이제 세상에 막 발을 내놓는 젊은이에게 느림의 미학을 따라야 한다는 주장은 옳지 않다. 바쁜 세상에서 여유를 가지라는 말일 테지만 아무래도 그날 주례자가 말한 느림의 미학은 왠지 게으름을 어느 정도 용납해주라는 말로 들렸다.

나는 성격이 급해서인지 행동을 느릿느릿하게 하는 이가 답답하다. 못 알아들었으면 그 즉시 되물으면 될 일이건만 두세 번 이야기해도 연신 갸우뚱하는 이도 답답하기는 마찬가지다. 계획된 일이 있다면 즉시 행동으로 옮겨야 한다. 긴장감을 놓으면 그 순간 끝장나는 게 지금 세상이다. 전범이 여기 있지 않은가. 최소한 나처럼은 되지 말아야 할 것이다. 게으름과 느림은 다르다. 느림은 무언가 이룬 이들의 생각의 폭을, 또는 깊이를 말할 때 쓰는 말이다. 바쁘게만 살지 말고 생각하며 살라는, 사유의 세계로 인도하는 메시지다. 갖춘 다음 여유를 부려도 늦지 않다. 앞만 보고 열심히 일만 했다 하여 사유하지 않았다고 할 수 있겠는가.

어느 이름 없는 가수의 말대로, 악상이 떠오르면 운전대를 잡고서라도 악보를 그려야 하고, 가사가 떠오르면 그 즉시 가사를 옮겨 적어야 한다는 말에 한 표 던진다. 운전대를 잡고 메모를 하다가 사고를 낸 적도 있고 무거운 짐을 옮기다가 삐끗해서 발에 깁스를 한 적도 있다고 했다. 정말 위험한 일이다. 하지만 그의 다음 말은 고개를 끄덕이게 한다.

"영감은 순간이에요. 그때 아니면 잡지 못해요. 그러니 떠올랐을 때 잡아야 하는 것이지요."

모든 것은 순간에 이루어진다. 순간을 놓치면 그 기회는 영영 돌아오지 않을 수도 있다. 그리스신화에 나오는 기회의 여신 오카시오의 모습을 보면 수긍이 간다. 그는 앞머리는 무성하고 뒤는 대머리인 데다 발에는 날개가 달렸다. 상상만으로도 재미있지 않은가. 그리스 시라쿠사 거리에 있는 그의 동상 아래에 이런 글귀가 새겨져 있다고 한다.

"앞머리가 무성한 이유는 사람들이 나를 보았을 때

쉽게 붙잡을 수 있도록 하기 위함이고
뒷머리가 대머리인 이유는 내가 지나가면 사람들이
다시는 붙잡지 못하도록 하기 위함이며
발에 날개가 달린 이유는 최대한 빨리 사라지기 위함이다."
— 나의 이름은 '기회'이다.

기회는 늘 있는 것이 아니니 기회가 오면 잡으라는 말이다. 아무에게나 오는 것도 아니며 한 장소에 오래 머무르지도 않는다. 그는 항상 바다 위나 굴러가는 바퀴 위에 있다고 한다. 또한 그의 신발에 날개가 달려 있어서 빠른 속도로 지나간다. 기회란 준비를 한 자에게 오는 것이며 왔을 때 잡아야 한다는 메시지가 강하게 담긴 이야기이다.

청춘은 짧다. 머뭇거리는 사이 시간은 쏜살같이 달아난다. 그 시간 속에 기회마저 붙어서 따라간다. 나중 놓친 그것을 잡으려 해도 기회의 여신은 뒤돌아봐 주지 않는다. 스쳐 지나간 기회를 달라고 구차하게 매달린 나에게 기회의 신 오카시오는 들고 있던 칼을 무참히 휘두르지 않았던가. 그에게 받은 상처는 내게 뒤늦은 깨달음을 주었다. 나처럼은 되지 말아야 하지 않을까.

나는 '느림의 미학'을 얻은 자의 만용이거나 얻지 못한 자의 태만쯤으로 해석하련다.

제3부

우리는 모두 흘러가고

우리는 모두 흘러가고 있다 · 바람처럼 사라진 그녀

뚱딴지 꽃핀 날 · 이제 그날은 없다 · 없는 게 낫다

나만의 명품 · 일단 줘봐유 · 감자가 탔다

변한다는 것은 흐른다는 것의 또 다른 말일지도 모른다. 엄밀히 말해 흐르는 것에서 빗겨나는 것은 세상에 없다. 영원히 변하지 않는 것은 '모든 것은 흐르고 있다'는 그것뿐이 아닐까. 아파만 할 일도, 그렇다고 안도할 일도 아니다.

우리는 모두 흘러가고 있다

아파트 11층에서 유유히 흐르는 아침 강을 바라본다. 한바탕 장맛비가 휘젓고 간 강물은 이제야 제 색을 찾았다. 찻잔을 들고 서서 제 속도대로 천천히 흐르는 강을 내려다본다. 오늘은 내 마음도 저 강물처럼 고요하다.

흐르지 않는 것은 없다. 우리가 그 흐름 속에 있어 느끼지 못할 뿐이다. 부모님이 돌아가시고 세상이 멈춘 것 같았다. 하지만 그 절망도 흘러갔다. 나를 짓눌렀던 그와의 이별도 지나갔다.

저 강처럼만 살아도 좋겠다. 흐르다가 잠시 침묵하고 때로는 바람에 흔들리지만 주변의 변화에 불평하지 않고 흐름에 순응하는 강. 가끔은 뒤척이는 물고기에게 품을 내주고 멀리 산 그림자에 한눈을 팔 줄 아는 그런 강이고 싶다.

나는 가끔씩 그것을 잊어서 슬펐던 것이다. 먹구름이 내게만 머무르는 줄 알았다. 눈앞이 늘 캄캄했다. 오늘을 붙들고 있으면 내일은 반드시 온다던 위로의 말이 옹색한 변명쯤으로 들릴 뿐이었다.

생각해보니 즐거웠던 일, 힘들었던 일들은 하나같이 흘러갔다. 머물기를 한사코 거부하는 저 강물처럼.

내 황금기였던 30대도 그랬다. 세상의 돈이 그냥 내 손으로 굴러들어오고, 멋지게 일한다는 칭찬에 얼마나 행복했었던가. 내가 가장 잘났고 내가 하면 안 되는 일이 없을 것처럼 자만에 빠져 있지 않았던가. 그것도 내가 느끼지 못하는 사이에 흘러가 버리고 말았다. 흐르고 남은 것은 빚뿐, 그것을 갚느라 오늘도 나는 어렵게 흐름을 계속하는 중이다.

오랜 만에 만난 그가 나에게 변했다고 말했다. 무슨 엉뚱한 소리를 하느냐고 성을 내고 돌아섰지만 곰곰 생각해 보았다. 정말 내가 변한 것인가. 변했다면 무엇이 나를 변하게 한 것일까. 또한 얼마만큼 변했단 말인가? 한 동안 그 말이 내 안에서 덜거덕거렸다. 그러나 아니었다. 나는 변한 것이 아니고 그냥 흐르고 있었을 뿐이었다. 흐르다가 허우적거리며 뭔가를 붙잡으려 안간힘을 쓰기도 했던 것이다. 그래서 젖은 몸과 마음을 볕에 자주 널어두기도 했었다. 아마도 그는 내가 흘러오면서 부딪친 것들에 대해서는 생각하지 못했을 것이다.

변한 것은 어쩌면 그였을지도 모르겠다. 한 가지 약속도 제대로 지키지 못하고 변명으로 일관한 그. 애초에 나를 위해 몸을 다 바쳐도 아깝지 않다고 했던 고백을 잊었다. 불덩이 같은 내 이마를 짚으며 가슴이 무너진다고 했던 자신의 혀를 접어버린 지 오래다. 더는 이마를 짚어주지도 않았다. 몸을 다 바치기엔 내가 너무 시시했던 것인지도 모르겠다. 하지만 내 입장에서 볼 때 그렇다는 것이지 그도 나와 다르지 않을 것이다. 그도 흐르다보니 그 자리에 서게 된 것일 테니까.

우리 중 누구도 변한 게 아니다. 단지 흘러왔을 뿐이다. 제 몫의 부러진 나무짐단을 지고 오느라고 잠시 상대의 어깨가 무겁다는 것을 느끼지 못한 것은 아닐까. 변한다는 것은 흐른다는 것의 또 다른 말일지도 모른다. 엄밀히 말해 흐르는 것에서 빗겨나는 것은 세상에 없다. 영원히 변하지 않는 것은 '모든 것은 흐르고 있다'는 그것뿐이 아닐까. 아파만 할 일도, 그렇다고 안도할 일도 아니다. 나는 모든 것을 동전의 앞면과 뒷면처럼 내가 보는 시선에서만 바라봤을 뿐이다.

침묵으로 흐르는 저 강은 잔잔한 호수와도 같다. 하지만 소리를 내지 않을 뿐 속으로는 쉼 없이 흐르고 있다. 여기까지 흘러온 내 안의 강물처럼.

강을 바라본다. 들고 있던 찻잔은 식었다. 아니, 식은 것이 아니라 찻잔의 온기가 흘러가버린 것이다. 오래 전 따뜻했던 그의 손이 흘러가버린 것처럼.

바람처럼 사라진 그녀

한 동안 연락도 없이 지내던 친구가 찾아왔다. 상을 차려내기도 마땅치 않아 밖에서 저녁을 대접했다. 그녀는 께적거리기만 할 뿐 영 음식이 신통찮다는 표정이었다. 오랜 만에 만나니 무슨 말을 먼저 풀어놓아야 할지 몰라 음식을 먹는 둥 마는 둥 서로 얼굴을 쳐다보며 서먹한 웃음을 지을 따름이었다. 밥맛이 없기는 나도 마찬가지였다.

후식까지 마친 그녀는 일어설 생각을 하지 않았다. 밖으로 나오자 외려 우리 집에서 자고 가겠다고 한다. 누가 옆에 있으면 좀처럼 잠을 이루지 못하는 나는 난감했으나 그렇다고 딱히 좋은 방도가 떠오르지도 않았다.

방이 좁아 함께 자는 것도 문제고 한 침대에서 잔다는 것도 내키지 않았다. 더군다나 그녀와는 한 번도 밤을 보낸 적이 없어 어색하고 불편했다. 내 고민을 비웃기라도 하듯 그녀는 새로 깔아 놓은 침대에 양말도 벗지 않은 채 벌러덩 누워 버렸다. 피곤했는지 이내 코까지 골았다. 자는 둥 마는 둥 뒤척이다가 아침을 맞았다. 출근 준비를 마쳤는데도 그녀는 일어나지 않았다. 밥을 먹으라고 깨워도 대답은커녕 이불 속으로 더 깊이 파고 들어갔다. 일을 하면서 종일 내 집에 혼자 있을 그녀가 신경 쓰였다. 내 생애에서 가장 긴 하루였다.

퇴근하고 집에 도착하니 그때까지 씻지도 않은 얼굴로 침대에 누운 채 나를 올려다보며 배시시 웃었다. 종일 밥도 안 먹고 잠만 잤단다. 배도 고프고 술도 생각이 난다며 양주가 진열돼 있는 장식장 문을 열었다. 나는 장식장 문을 슬그머니 닫고는 길 건너 편의점으로 가 소주를 사왔다.

술이 한 잔 들어가니 어제 듣지 못한 이야기를 쉴 새 없이 풀어놓았다. 남편과 다투고 헤어질 생각으로 집을 나왔다고 한다. 친정으로 가기도 뭣하고 동네 친구에게 갈 용기도 나지 않아 무작정 맘 닿는 곳에 가볼 참으로 자동차를 몰았는데 도착한 곳이 이곳이란다. 자주 만나지는 않았지만 내가 부담이 없어 좋다고 말하면서, 남편한테는 아무 미련이 없지만 아이들이 자꾸만 눈에 밟혀 가슴 아프다며 거푸 술만 들이켰다. 그것으로는 부족했던지 장식장의 양주를 허락도 없이 꺼내 결국 뚜껑을 땄다.

한참 예민할 때인 중학교 1학년과 초등학교 5학년 딸을 둔 그녀는 결혼 전 중소기업의 비서실에 근무했다. 예쁜 얼굴과 세련된 말씨와 차림으로 보는 내가 주눅이 들 정도였다. 그녀의 남편은 한때 내가 만나던 남자의 친구였다. 내가 그와 헤어질 즈음에 그녀는 결혼을 했고 꼭 자신을 닮은 두 딸을 낳아 행복하게 살고 있다는 소문이 들려오기도 했다. 내 눈에는 부족함이 없어 보였다. 대체 무슨 까닭으로 헤어지겠다는 것인지 알 수가 없었다.

그녀의 변은 이러했다. 사업수완이 좋지 못한 남편은 벌이는 일마다 이삼 년도 못 가 망하기 일쑤였다. 노름을 좋아하고 거기에 외박도 일삼으니 남편에 대한 믿음이 사라졌다. 돈도 번 만큼 쓰는 게 아니었다. 여기저기서 빌려 물처럼 써댔다. 아이들을 위해서라도 무너지는 꼴은 보이고 싶지 않았지만 미래가 보이지 않는 남편의 뒷바라지를 하다가 자기 인생도 끝장이 날 것 같아, 짐을 싸서 나온 것이다.

그녀의 술타령에 밤이 어떻게 지나갔는지 모른다. 짜증이 났지만 그녀가 딱하다는 생각도 들었다. 요즘은 이혼이 사귀던 사람과 헤어지는 것만큼이나 쉬워졌다지만 아무래도 자식을 둔 이들의 이별은 쉬운 일이 아닌 모양이었다. 내 조언이 그녀에게 얼마나 도움이 될지, 또 내가 그녀에게 조언 따위를 할 자격이나 되는지 나조차도 확신이 서지 않았다. 무슨 말인가 해주고 싶었지만 그녀에 비해 별다른 경험이 없는 나는 그녀가 안 됐다는 생각에 엄한 새끼손가락만 만지작거렸다.

날이 밝으면 갈 줄 알았다. 하지만 다음 날도, 그 다음 날에도 그녀는 도무지 갈 생각을 하지 않았다. 밤만 되면 술을 마시고 울어댔다. 점점 그녀에게 지쳐갔다. 그녀의 보따리를 문밖에 내놓고 싶은 마음이 굴뚝 같았지만 가뜩이나 힘든 그녀가 나로 인해 입을 상처를 생각하면 그렇게 할 수도 없는 일이었다.

짜증이 극에 달해 세상 없어도 오늘은 보내야겠다고 마음을 단단히 먹고 퇴근을 한 어느 날, 그녀는 온다간다 말도 없이 바람처럼 사라져 버렸다. 혹여 불편해 하던 내 표정을 읽은 것일까. 그녀에게 미안하다는 생각이 들었다. 하지만 그것은 잠시였다. 체증이 가신 듯 다시 몸과 마음이 편해졌으며 평시로 돌아왔다.

그녀는 이부자리를 돌돌 말아서 침대 머리맡에 세워놓았다. 내가 애지중지하는 양주는 가져갔는지 보이지 않았다. 웃음이 절로 나왔다.

그녀가 있는 동안 일기도 쓰지 못했다. 오랜 만에 일기장을 다시 펼쳤다. 순간 소스라치게 놀랐다. 내 일기를 그녀가 꼼꼼히 읽고 끝부분에 감상문을 그럴 듯하게 써놓은 것이었다.

그날 이후 그녀는 소식이 없다. 가끔씩 술 장식장을 보면 그녀가 생각나 씁쓸하게 웃고는 하지만 그녀에게 연락을 한다거나 하지는 않았다. 들려오는 소문에 의하면 남편과 이혼하고 그림공부를 하겠다며 중국행 비행기에 올랐다고도 하고, 또 다른 어떤 소문에 의하면 다른 남자를 만나 재혼했다고도 한다.

그녀는 잘 살고 있을 것이다. 이혼을 했든 재혼을 했든 그것이 행복을 가르는 척도가 될 수는 없다. 이혼도 재혼도 모두 행복을 좇아가기 위해 하는 것이 아닌가. 며칠 동안 내 속을 뒤집어놓고 상전처럼 머물다 갔지만 난감함과 함께 어두운 그림자가 드리워져 있던 그녀의 얼굴을 떠올리면 안 됐다는 마음부터 든다. 바라건대 얼굴에 드리운 어둠과 남루를 이곳에나마 모두 버리고 떠났기를 바랄 뿐이다.

뚱딴지 꽃 핀 날

어떻게 살아야 잘 사는 거냐며 전화기 속에서 친구는 울먹였다. 무슨 일이냐고 묻기도 전에 그녀는 이내 흐느끼기 시작했다. 그녀가 우는 것을 본 적이 없어 잠시 당황했지만 선뜻 달랠 방법도 없어 울음이 그치기를 기다렸다. 한참 만에 울음을 그친 그녀가 만나자고 했다. 오랜 만에 연락한 사람이 저렇듯 흐느껴 우니 무슨 일인지 궁금하고 불안했다. 대충 주변 정리를 마치고 자동차에 시동을 걸었다.

자동차로 이십 여분을 달려서 그녀와 약속한 장소에 도착했다. 점심시간이 한참 지나서인지 주차장은 텅 비어 있었다. 그녀를 기다리는 시간이 초조하여 정원을 거닐었다. 마당 한 귀퉁이에는 아름드리 느티나무가 붉게 물들고 있었다. 금계국이 만발한 화단 건너편으로 뚱딴지 꽃이 멀뚱히 서서 노랗게 빛나고 있었다.

그녀는 약속시간에서 십여 분 지나서야 아무 일도 없었다는 듯 웃으며 나타났다. 예의 발랄한 모습이다. 그런 그녀의 모습이 애처로워 아무 말도 하지 못한 채 반갑게 손을 마주잡았다. 그녀의 작은 손이 유난히 거칠게 느껴졌다. 우리는 식당 안으로 들어가 화단이 한눈에 보이는 구석진 자리에 앉았다. 오랜 만에 만나니 서먹한 면도 없잖아 있었지만 서로 마주보며 웃다 보니 그 동안의 근황이 짐작이 갔다. 아직 점심 전이라며 먹었어도 내게 같이 먹어달라고 한다. 우리는 주문한 음식을 기다리며 손을 맞잡고 약속이나 한 것처럼 서로의 얼굴을 바라보았다. 그녀는 몇 년 새 많이도 변했다.

무엇이 그녀를 이토록 변하게 했을까. 언제나 생글대며 쉴 새 없이 수다를 떨던, 해맑았던 그녀의 모습을 더 이상 찾을 수가 없었다. 마흔을 훌쩍 넘어 나잇살이 붙은 몸매는 그렇다 치더라도 가뭄에 논바닥 갈라지듯 마른 입술은 가끔씩 경련을 일으켜 내 가슴을 흔들어놓았다. 눈빛도 예전의 총기를 잃었다.

그녀는 종업원이 내려놓은 자신의 음식 접시를 들고 내 곁으로 와 앉았다. 우리는 나란히 앉아 창 너머 화단을 말 없이 바라보았다. 소나무 군락 사이로 울타리를 따라 군데군데 놓인 평상이 시골 원두막을 연상케 했다. 그녀는 돗자리 깔고 평상에 나란히 누워 가벼운 소설 한 편 읽고 싶다고 말하며 눈을 감은 채 의자 깊숙이 몸을 묻었다. 시장하다더니 내온 음식을 먹을 생각도 안 했다. 나는 채근하지 않았다. 그녀에게도 이야기를 꺼낼 마음의 준비가 필요할 것이란 생각을 하며 무심한 척 평상에 눈을 두었다. 그녀는 한참 만에 소파에 묻었던 몸을 일으키더니 내 어깨에 슬며시 머리를 기댔다. 그리고는 들릴 듯 말 듯한 목소리로 남편한테 맞았다며 뒤통수의 상처를 봐달라고 했다.

그녀가 손으로 가리킨 쪽의 머리카락을 들추었다. 순간 눈을 질끈 감고 말았다. 온몸에 소름이 돋았다. 한눈에 봐도 흉기로 맞은 자국이었다. 어떤 큰 잘못을 했기에 이 지경이 되도록 사람을 때릴 수 있단 말인가. 그녀는 남의 말 하듯 벌써 일주일쯤 지났다며 몸을 일으켜 헝클어진 머리카락을 정리했다. 상처는 아물어가고 있었지만 그녀가 받은 마음의 상처는 언제쯤 아물지, 아물기는 할는지….

부부 사이의 일이야 당사자 외에 아무도 모른다고는 하지만 그 동안 그들 사이에 무슨 일이 있었기에 저 지경에 이르렀는지 궁금했다. 그녀가 전 남편과 이혼하고 어렵사리 재혼을 결심했을 때 주변의 누구도 그녀의 불행을 예감하지 못했다. 그녀의 남편은 한없이 자상해 보였으며 그녀는 이제야 좋은 사람을 만난 것 같다며 행복해 했었다.

재혼은 초혼보다 몇 배의 인내와 신뢰가 필요하다고 한다. 포기해야 할 부분도 많고 안고 가야 할 더 큰 고통도 있게 마련이다. 서로의 아이들로 인한 갈등도 감수해야 할 부분이리라. 재산이 많은 시아버지는 새로 들어온 며느리의 동태를 수시로 살폈고 며느리는 그런 시아버지가 서운했다. 하루가 멀다 하고 간섭하는 통에 자연스레 남편과의 갈등이 깊어졌다고 한다. 시아버지는 자수성가해 모은 재산을 당신 핏줄도 아닌 애들에게 물려주고 싶지 않다며 애초에 재혼을 반대했다는 것이다. 그런 일들이 부부간의 갈등 요인으로 작용한 것 같다고 한다. 그들은 이 같은 현실을 예상하지 못했던 것일까?

당장이라도 달려가 친구의 남편에게 따지고 싶었지만 마음뿐이었다. 부부간의 일이 아니던가. 그녀에게도 달리 해줄 말이 없었다. 다만 그 남자가 괘씸하고 이 지경에까지 이른 그녀가 미련스럽게 느껴질 뿐이었다. 나는 그녀의 손을 꼭 잡고 깊은 한숨을 내쉬었다. 손도 대지 않은 음식 접시가 시간이 가면서 볼품없이 변하고 있었다.

그녀는 남편과 헤어질 것이라고 했다. 이 일이 해결될 동안 혼자만 알고 있으라는 그녀의 다짐을 들으며 나는 잠시 창밖을 내다보았다. 화단에는 노란 뚱딴지 꽃이 바람에 흔들리며 영문도 모른 채 환하게 웃고 있었다.

이제
그날은 없다

함께 산책을 하던 M은 이야기 도중 걸음을 멈추고 먼 산을 바라보았다. 나는 그녀의 손을 잡고 근처의 벤치로 가 앉았다. 그녀는 경련을 일으키듯 잠시 손을 떨었다. 그날도 오늘처럼 뜨거운 바람이 불었다고 했다.

M은 '우리 집은 가난했어'로 서두를 꺼냈다.

부모님은 6남매를 두었지만 다른 집 부모처럼 아이들을 잘 돌볼 수 없었다. 농사 짓고 장사를 하느라 아침에 눈뜨면 밖으로 나갔고 해가 떨어진 후에야 집에 들어오셨기 때문이다. 우리는 늘 우리끼리 지내야 하고 알아서 식사를 해결해야 하는 줄 알았다.

대여섯 살 때였던가, 뜨거운 바람이 부는 날이었다. 그날은 모두들 밖으로 나가고 나 혼자 집을 지키고 있었다. 옆집 오빠가 마당에서 소꿉놀이를 하고 있는 나를 불렀다. 그러고는 방으로 안고 들어가 나쁜 짓을 했다. 그것은 어린 내게 할 일이 아니었다. 그는 다음 날에도, 또 며칠이 지나서도 내게 그 짓을 했다. 나는 엄마한테 이 일을 말해야 할 것 같았다.

그날 해질녘, 엄마가 고단한 몸을 이끌고 평소보다 이르게 대문을 들어섰다. 그 일을 일러주고자 결심을 한 나는 엄마를 보자마자 소리내 울었다. 엄마는 뜬금없이 왜 그러냐며 울지 말라는 말을 스치듯 하고는 부엌으로 들어가 저녁식사 준비를 하셨다. 나는 울면서 엄마 뒤를 따라 부엌으로 갔다. 오늘은 무슨 일이 있어도 옆집 오빠의 나쁜 짓을 엄마한테 고하고 그 오빠가 호되게 야단맞는 꼴을 봐야만 했다. 하지만 엄마는 좀처럼 내게 말할 기회를 주지 않았다. 귀찮게 왜 이리 종종거리며 따라다니느냐고 핀잔만 줄 뿐이었다.

"엄마, 이웃집 오빠가 나한테 나쁜 짓을 해."

나는 뒤란으로 향하는 엄마의 무릎께를 끌어안고 엉엉 울었다. 엄마는 그대로 멈춰 서 있다가 나사 풀린 인형처럼 부뚜막에 철퍼덕 주저앉았다. 그리고 먼 산만 바라봤다.

밤마다 나는 악몽을 꾸었다. 깨어 있으면서도 가위에 눌리곤 했다. 그 일은 엄마에게 이른 후로 다시는 일어나지 않았지만 그와는 시시때

때 부딪쳤다.

학교 수업이 끝나도 혼자 있는 게 무서워 집에 가지 않았다. 혼자 있을 때는 밝은 것도 싫었고 어둠도 무서웠다. 읍내 시장을 배회하거나 늦도록 교실에 앉아 책을 봤다. 나는 혼자여서 심심했지만 그렇다고 아무하고나 친구를 맺고 싶지도 않았다. 여럿이 모여 두런거리면 내 얘기를 하는 것만 같아 서둘러 그 자리를 피했다. 집에 있을 때는 문을 걸어 잠그고 책을 읽었다. 중학교에 들어가고 고등학교에 가서도 그를 어디서건 마주쳤다. 무서웠다. 이사를 가자고 떼를 써봤지만 부모님은 별다른 반응이 없었다.

나이를 먹어갈수록 그를 보면 반사적으로 움찔거리긴 했지만 더 이상 그가 무섭다거나 끔찍하다기보다는, 예전에 없던 불쌍하고 측은하다는 생각이 먼저 들었다. 어른이었지만 그는 제대로 된 어른이 안 돼 있었다. 허구헌 날 그의 아내는 매를 맞았다. 세상의 못된 짓은 그가 다 하고 사는 듯했다.

나도 바른 어른은 못되었다. 늘 그 일이 따라다니니 아무것도 할 수가 없었다. 누군가를 신뢰한다는 건 꿈도 꿀 수 없는 노릇이었고 밀폐된 공간에 단둘이 있게 되면 그가 누구더라도 두려웠다. 갈수록 고통은 커져 갔다. 잊고 싶어서 손목을 그었다. 하지만 눈을 뜨면 거짓말처럼 다시 살아났다. 그 일을 반복하면 할수록 어떤 일도 두렵지 않게 되었다. 내 몸은 걷잡을 수 없이 말라갔다. 하지만 아무도 나를 거들떠보지 않았다. 부모형제조차도 나의 방황의 실체를 모르는 듯했고 좀 특별한 아이로만 생각할 뿐이었다.

결혼을 하면서 그 집을 떠날 수가 있었다. 우리 집은 헐렸고 더는 그곳으로 발길을 옮기지 않아도 되었다. 살 것 같았다. 이젠 악몽도 끝이라고 생각했다. 하지만 나의 섣부른 착각이었다. 몸을 옮긴다 해서 기억을 두고 오는 것은 아니었다. 그 집이 헐리고 그곳을 떠나왔지만 기억은 악착같이 나를 따라다녔다. 아이엄마가 되었는데도 물러날 기미가 보이지 않았다. 하루도 편히 잠든 날이 없었고 간신히 잠이 들면 여전히 힘든 꿈을 꾸었다. 엎친 데 덮친 격으로 살갑게 잘해주던 시아버님이 간경화로 쓰러지면서 가실 때까지 끊임없이 심술을 부렸다. 옆에서 지켜보던 남편은 그런 일쯤이야 하면서 나 몰라라 하는 듯했다. 나는 운이 없어도 너무 없다고 생각했다. 나의 모든 일에 그 기억이 따라다니며 훼방을 놓는 것만 같았다. 나의 행복도 내 꿈도 그때의 기억이 따라다니며 박살내고 있다고 생각됐다. 이렇게 사느니 아무런 기억이 없는 곳으로 가는 게 낫지 싶었다.

틈틈이 수면제를 사 모았다. 충분하다 싶었을 때, 읍내 빌라에 사는 큰 언니 집으로 갔다. 우울증이 극도로 심할 때였다. 약을 먹고 발코니로 나갔다. 언니 집에서 내려다보이는 세상도 내가 아는 세상과 다를 바 없었다. 나는 한참을 소리 죽여 웃었다. 문득 나비가 되고 싶었다. 내 몸은 이내 가벼워졌다.

눈을 뜨니 내게 무관심하다고 생각했던 남편이 달라졌다. 일만 하던 그이는 하루도 빠짐없이 병실에서 나를 지켰다. 양쪽 다리에 깁스를 하고 허리까지 크게 다친 나를 어떤 불평도 없이 간호했다. 그야말로 눈물겨운 부정夫情이었다. 그의 지극정성이었는지, 아니면 나의 살고자 하는 의욕이 새롭게 생겨났음인지 기적같이 나는 일어났다. 하지만 뛰어 내리면서 내 몸에서 떨어져나갔을 거라고 믿었던 기억은 다시 찰거머리처럼 따라왔다. 이렇게 살고 싶지는 않았다. 나는 독해지기로 마음먹었다. 다시 살아난 데에는 그만한 이유가 있겠지 싶었다. 떨어져나가기 힘든 기억이라면 모질게 이겨낼 수 있는 힘을 길러보기로 했다. 무엇보다도 나는 다시 살고 싶었다. 백일 지난 내 아이가 불쌍했고 내 곁에서 한시도 떨어지지 않으려는 겁먹은 남편의 시선이 애처로웠다. 회복한 나는 남편의 권유로 일주일에 한 번 서울로 심리치료를 받으러 다녔다. 치료를 받으면서 내가 참으로 어리석게 살았다는 걸 알았다.

처음 그 일이 있었던 날 바로 엄마에게 달려갔으면 어땠을까. 내가 엄마에게 그 남자를 일렀을 때, 한걸음에 달려가 사람 같지도 않은 그의 멱살을 잡아끌어 마당에 내동댕이쳤더라면, 우리 동네에서 먼 곳으로 내쫓았더라면 내 가슴은 얼마나 후련했을까. 하지만 다 지난 일이다. 그리고 있던 자리에 갖다 놓기에는 너무 멀리 가지고 왔다. 무엇보다도 이젠 내가 단단해졌다. 그런 나쁜 사람 한 명쯤 거뜬히 혼내줄 수 있는 두 아이의 씩씩한 엄마가 되었다. 사랑받지 못한다고 느낄 때면 쓸모없는 아이라고 자책했던 초라하기 짝이 없던 아이는 이제 진정한 어른이 되었다. 나는 어린 내게 이제야 손을 내민다. 힘들게 해서 미안하다고 늦은 사과를 한다.

살아가면서 누군가에게 내 마음속 무거운 짐을 안겨주고 이렇듯 홀가분해지기도 처음이다. 이제 더는 없다.

나는 M의 요청으로 이 글을 썼다. 고등학교를 졸업하고 27년 만의 만남이었다. 그녀는 무슨 마음을 먹고 내게 그런 아픈 이야기를 내주었을까. 나는 그녀의 손을 꼭 잡았다. 그리고 잘 견뎌줘서 고맙다고, 그건 네 잘못이 아니었다고, 또한 이렇게 따뜻한 어른이 돼줘서 기쁘다고 말해주었다. 그녀의 표정은 평안해 보였다. 그래, 이제 그날은 없다.

없는 게 낫다

"우리 집에서 이혼한 자식은 자식으로 취급 안 한다!"

이혼 통보를 위해 친정에 갔을 때 어머니의 말씀은 대꾸조차 하지 못할 정도로 강경했다. 나는 어머니의 서슬에 아무 말도 못하고 입을 다물어야 했다. 세상 모든 걱정을 끌어안고 사시는 듯한 어머니에게 당신 딸의 이혼은 있을 수 없는 일이었다. 그야말로 동네 망신이었다. 언젠가 친정에 갔을 때, 누구네 셋째 딸이 이혼을 했다면서 그 자식은 부모 형제 생각은 안중에도 없나보다며 혀를 끌끌 찼던 분이다. 내 말이 먹힐 리 없었다.

노환으로 안방에 누워계시던 구순이 가까운 아버지는 나를 조용히 불러 자초지종을 물으셨다. 나는 그가 거짓말을 자주 한다고 일렀다. 파면 팔수록 해결할 일이 감당 못할 정도로 나오는 사람이니 더 이상 함께 할 자신이 없다는 말도 했다. 자기 말을 안 들으면 심술을 부리고 현관 비밀번호도 나 몰래 바꾸는 사람이었다. 조용히 오랫동안 내 얘기를 듣던 아버지는 그런 남편은 차라리 없는 게 낫다, 하시며 내 손을 잡으셨다.

"그렇지만 느 엄마한텐 말하지 말어라."

큰 오빠와 다른 형제들도 아버지 생각과 같았다. 끝내 어머니는 나의 이혼 사실을 모른 채 먼저 간 아버지를 따라 5년 전 먼 곳으로 가셨다.

갈수록 이혼율이 늘고 있다. 통계청 조사에서도 30년 전에 비해서 이혼율이 10배 이상 늘어난 것으로 나타났다. 또한 전문가들은 어느 집안 할 것 없이 전 세대에 걸쳐서 이혼이 늘어나고 있다고 진단했다. 문득 요새는 결혼할 때 이혼도 염두에 두어야 한다고 했던 지인의 말이 생각났다. 이 말의 본뜻은 그만큼 결혼을 신중하게 생각한 뒤 결정하라는 말이었을 것이다. 그 걸 알면서도 그 말이 떠오를 때마다 왠지 씁쓸하다.

부부간에 반드시 필요로 하는 신뢰를 우리 두 사람은 거짓말로 인해 잃고 말았다. 시간이 지난다고 해서 회복될 성질의 것이 아니었다. 외려 다른 문제로까지 번져나갔다. 차라리 그가 알몸뚱이뿐이라고 솔직하게 말했다면 감수하며 살았을지도 모른다. 나는 그 사람이 어떤 사람인지 알기 이전에 먼저 그 사람의 친절에 끌렸던 것이다.

내가 이혼했을 때 정확한 사유를 모르는 사람들은 좀 더 참지 그랬냐고 했다. 처음에는 다들 삐걱거린다고, 그러다가 어느 정도 시간이 지나면 맞춰 살게 되더라고, 그러니 나의 결정은 옳지 않다는 것이었다. 참고 살다보면 반드시 좋은 날도 온다는 것이 그들의 말이었다. 내용물도 얼마 없는 통조림 캔을 맛있는 김치찌개 끓일 때 넣어보려고 보관하고 싶지는 않았다.

내가 이혼을 했다고 하자 전염병이라도 되는 양 어떤 친구는 아예 나와 연락을 끊자고 했다. 때때로 돌고 돌아 내게 온 나의 이야기는 소설에 가깝게 들릴 때도 있었다. 답답했지만 아무에게나 마음을 터놓을 수도 없으니 그들 앞에서는 나의 못남을 인정하는 척 해야 했다. 하지만 참고 살지 못한 것에 대한 부끄러움은 없다. 그러니 그들의 말에 흔들리지 않는다.

내가 아는 초등학교 선생님이 얼마 전 유방암 수술을 받았다. 그는 참는 것만이 능사는 아니더라고 지나간 세월을 후회했다. 힘든 걸 내색 안 하고 참아내서 생긴 것이 암덩어리라고 믿는 그녀였다. 하고 싶은 말 하고, 하고 싶은 것 하면서 살아야지 자식과 남편, 부모 형제 때문에 자신을 누르며 살아서는 안 되는 것이라며 눈물을 글썽였다. 그는 도덕적으로 문제되지 않는 선에서 이제는 자기가 하고 싶은 대로 하면서 살겠노라 가족에게 선포했다고 한다.

또 다른 지인은 예순의 여동생을 강제 이혼시켰다. 여동생은 울며불며 오빠가 내 인생 살아줄 것이냐며 따지고 들었다고 한다. 하지만 동생이 매제로부터 당하는 부당함은 평생 원망을 들을지언정 견딜 수 없는 노릇이었다고 한다. 이혼 후 하나뿐인 아들을 혼사시킨 여동생은 얼마 전 오빠에게 고맙다는 인사를 하더란다. 왜 진즉 그런 결정을 하지 못했는지 모르겠다며 이렇게 홀가분할 수 없노라고 고마워하더라는 것이다.

산을 탈 때도 마라톤을 할 때도 몇 번의 고비를 넘겨야 한다. 그 고비란 어떤 사람에게는 한 번도 죽기보다 싫을 수 있고, 또 어떤 사람에게는 견딜 수 있는 요령을 터득하는 계기가 될 수도 있다. 하지만 결혼생활이 어디 등산이나 마라톤과 같을 수 있겠는가.

나는 이혼을 찬양하는 사람은 아니지만 이혼한 이를 색안경 끼고 보는 이도 마땅치 않다. 살아보지 않고는 모르는 것이 부부문제이기 때문이다.

초등학교 친구 한 명이 아이 둘을 두고 얼마 전 이혼을 했다. 그녀는 다시는 결혼하지 않을 것이라고 했다. 있어도 없어도 그만인 남편은 없는 게 낫다는 게 그녀의 말이다. 나는 7년 전 아버지가 하신 말씀이 떠올라 말 없이 웃었다.

나만의 명품

얼마 전, L선생으로부터 퀼트로 된 작품 한 점을 선물 받았다. 화원에 어울리게 제작된 화분집이다. 사십 조각의 천을 이어서 만든 것인데 손바느질로 완성하기까지 꼬박 일주일이 걸렸다고 한다. 정육면체로 입구를 제외한 다섯 면이 똑같은 문양과 같은 크기의 천 조각으로 이어져 있다. 빨강 실로 홈질을 한 내부는 흰 색 바탕에 붉은 색 물방울무늬 천으로 볼수록 앙증맞다. 한 땀 한 땀 자로 잰 듯 간격이 일정하다. 꼼꼼한 바느질 솜씨가 작가의 성격을 대변하는 것 같다.

바깥 면은 선명한 바람개비 문양이다. 그걸 보고 있자니 손잡이를 만들어 들판을 힘껏 달려보고 싶어진다. 바람개비의 빛깔은 비둘기색과 꽃분홍색이다. 그것이 주는 조화가 신비롭기까지 하다. 거기에 초록색 아이비 분을 넣을까, 꽃을 피울 수 있는 난타나 분이 어떨까? 고민이다. 아무래도 화분 집으로 쓰기에는 아깝다는 생각이 들었다. 물을 줄 때마다 얼룩 걱정을 해야 하고 만약 분토나 화초에 벌레라도 생기면 품격이 떨어지지 않을까 하는 생각에서였다.

나는 퀼트를 해보지는 않았지만 그렇다고 선뜻 해볼 용기도 나지 않는다. 성격상 가만히 앉아서 몇 시간씩 같은 작업을 한다는 것이 내게는 어려운 일이다. 그래서 퀼트나 뜨개질 같은 정교한 수작업을 오래도록 하는 이들을 보면 참선하는 수행자처럼 진지하고 대단해 보인다. 시종일관 같은 모습으로 하나의 작품을 완성하려면 인내가 필요하기 때문이다. 그들은 하나의 작품을 만드는 동안 어떤 생각을 하며 어떤 깨달음을 얻을까.

대개 명품이라 하면 값이 비싼 유명상표를 떠올리게 된다. 내게도 그런 물건은 몇 가지 있다. 선물을 받은 것도 있고 어렵게 계획을 세워 장만한 것도 있다. 하지만 이렇게 정성을 다해 손으로 만든 작품은 이번이 처음이다. 그러니 내게는 최고의 명품이 아닐 수 없다. 혹자는 그깟 천 조각으로 만든 것을 가지고 호들갑떤다며 나무랄지도 모르지만 무엇과도 비교할 수 없는 나만의 것이기에 명품인 것이다.

나에게는 명품 항아리도 있고, 명품 돌멩이도 있으며, 명품 밥상도 있다. 값나가는 것은 아니지만 세속의 가치로 환산할 수 없는 소중한 것들이다. 나에게 건네주신 분들을 생각하면, 억만금을 준다 해도 바꿀 수 없는 귀중한 것들인 것이다.

한 동안 용도를 정하지 못하여 화분 집을 서랍 속에 넣어두었다. 문득 필통집으로 어울릴 것 같다는 생각이 들었다. 필통을 가지고와 그곳에 넣으니 꼭 맞는다. 필통집이 된 명품을 책상 중앙에 반듯이 올려놓는다.

일단 줘봐유

내 고향 태안에도 패스트푸드점이 몇 군데 들어섰다. 요즘 어린아이들의 단골 간식거리를 들라고 한다면 단연 피자나 햄버거일 것이다. 이곳 양주에 사는 나의 어린 조카들도 햄버거라면 사족을 못 쓰니, 트랜스지방이니 뭐니 하며 몸에 좋지 않다 해도 오물거리며 먹는 모습이 보기 좋아서 자주 사주곤 한다. 조카들이 볼이 터져라 햄버거를 먹을 때마다 엄마의 얼굴이 떠오른다.

작년 여름, 갑자기 엄마가 보고 싶어 새벽같이 차를 몰아 태안 집으로 향했다. 라디오에서 흘러나오는 음악을 들으며 서해안 고속도로를 달려, 새벽안개가 걷힐 무렵 집에 도착했다. 대문을 밀고 들어서니 식구들은 막 아침 식사를 끝내려던 참이었다. 엄마는 깜짝 놀라며 무슨 일이냐고 언제 출발했기에 이렇게 일찍 왔느냐고 물었다. 나는 대답 대신 엄마 얼굴을 바라보며 씨익 웃었다.

큰 올케가 차려주는 아침식사를 마치고 반찬 그릇을 정리해 넣으려고 냉장고 문을 열었다. 종이로 하나씩 싼 동글동글한 것들이 눈에 가득 들어왔다. 햄버거였다.

"웬 햄버거가 이렇게 많아?"

내가 올케를 돌아봤다.

"어머니께서 어제 시장서 사온 거여, 애기씨. 좀 이따가 내가 얘기해 주께."

올케가 웃으면서 한 쪽 눈을 찡긋했다.

"이렇게 많이? 아니, 이걸 누가 다 먹어?"

나는 궁금증이 더해져 다시 물었고 올케는 먼저처럼 피식 웃기만 했다.

커피를 마시려고 가스레인지에 물을 올렸다. 커피 생각이 났던지 큰 오빠는 주방 미닫이문 쪽 가까이에 의자를 끌어다 앉았다. 담배가 든 바지주머니를 만지작거렸지만 부모님이 계셔 정작 담배를 피우지는 못했다. 커피를 마시며 올케는 며칠 전 엄마한테서 들은 이야기를 풀어놓았다.

어느 날 태안읍내에 이상한 가게가 하나 생기면서 엄마의 관심을 끌기 시작했다. 밖에서 유심히 살펴보니 그 안의 손님들은 창을 마주한 채 기다랗게 앉아 밖을 내다보며 음식을 먹고 있었다. 둥그런 것이 별 것도 아니게 생겼는데 반찬도 없이 맛있게 먹더라는 것이다. 포장한 음식을 종이봉투에 담아서 나오는 이들도 더러 있었다. 엄마가 용기를 내어 패스트푸드점에 들어가기까지는 며칠이 더 걸렸다. 주방 같은 것은 보이지도 않을 뿐더러 안에 있는 점원도 어리고 음식을 먹는 이들도 아이들이거나 대개는 젊은이들이어서 선뜻 문을 밀고 들어설 수가 없었단다. 가게 앞에서 서성이다가 돌아서길 며칠, 어느 날인가 점원이 나와서 서성이는 엄마를 안으로 모셨다. 종업원을 따라 들어가 차림표를 보았지만 뭐가 뭔지 알 수가 없었다.

"할머니, 무엇으로 드릴까요?"

직원은 친절하게 물었다.

"내가 뭘 안대유? 일단 골고루 담아보유."

엄마는 시장바구니를 열어주었다.

"잠시만 앉아서 기다려주세요."

다리가 불편한 엄마는 점원의 말에 엉거주춤 의자에 앉아 십분 여를 기다렸다.

"손님, 주문하신 거 나왔습니다."

"이거 다 우리 손자가 먹을 거유."

엄마는 묻지도 않은 말을 하고는 성급히 시장바구니 가득 햄버거를 숨기듯 담아서 가게를 나왔다. 집에 돌아오신 엄마는 햄버거로 저녁을 대신했고, 식구들은 그런 엄마의 모습이 낯설고 재밌기만 했다.

"그게 뭐라고 그렇게 먹는댜? 숭허게."

할망구가 점잖지 못하게 그런 걸 먹는다고 아버지는 엄마를 핀잔했다.

"소화 안 되게 왜 그런 걸 드신대유?"

올케는 평소 밀가루 음식을 드시면 소화제를 챙기는 엄마가 걱정 되었다. 큰 오빠는 엄마의 식사가 끝날 때까지 빙긋이 웃기만 했다.

"이거, 햄빵이라고 하는 거여. 다들 햄빵 먹는 거 츰 보남? 왜들 그렇게 웃는댜?"

올케의 설명이 끝나자 웃음이 나왔지만 한편으로는 죄스럽기도 했다. 우리는 엄마가 옛날 분이어서 당연히 찌개나 탕 종류를 좋아하는 줄로만 알았다. 그래서 특별한 날 외식을 해도 갈빗집이나 횟집을 가곤 했다. 나는 팔순이 다 된 노인들이 패스트푸드를 즐기는 것을 본 적이 별로 없다. 하지만, 엄마는 피자도 좋아하고 양념통닭은 물론이며 햄버거는 더더욱 맛있어 하신다.

언제인가 형제들이 큰 언니 집에 모였을 때 그 이야기를 해줬다. 언니들은 나의 이야기에 박장대소를 했다. 큰 언니는 엄마가 돌아가시면 제사상에 햄버거를 놓아드려야겠다며 우스갯소리를 했다. 머리가 큰 조카들은 내 얘기를 들은 후 시골에 다니러 갈 때면 햄버거든 피자든 사가지고 가는 걸 잊지 않는다. 엄마는 그때마다 멋쩍어하면서도 맛있게 드신다. 우리는 진작 그런 음식을 사드리지 못한 죄스러움에 생각날 때마다 태안 시내에 사는 작은 올케의 통장으로 햄버거 값을 보낸다.

시장바구니를 들고 패스트푸드점을 드나드는 팔순 노모의 모습이 오늘도 나의 시선을 붙잡는다.

감자가 탔다

출근 준비를 마치고 습관적으로 열어본 전화기에 부재중 전화가 한 통 찍혀 있었다. 수원에 사는 셋째 언니로부터였다. 자정을 넘긴 시각이었다. 늦은 시간에 전화하는 일이 없는데 엄마한테 무슨 일이 있는 것은 아닌지 더럭 겁이 났다. 전화기의 단축 버튼을 눌렀다. 작년에 아버지 돌아가신 후 엄마는 급격히 건강이 안 좋아졌다. C대학병원에 한 동안 입원하셨다가 퇴원 후 셋째 언니 집으로 요양차 가신 지 열흘 정도 되었다.

전화를 받은 언니가 간밤의 일을 내게 말해주었다.

저녁식사를 마친 엄마는 일찍 잠자리에 들었다. 세탁기 안의 빨래를 정리하고 어수선한 집안 정돈이 끝나갈 무렵, 주무시던 엄마가 온몸에 땀이 흥건한 채로 소리를 지르며 잠꼬대를 했다. '용아, 그러면 안 된다. 그렇게 가서는 안 된다' 하며 베갯잇이 흠뻑 젖도록 흐느끼셨다. 언니의 부축을 받아 일어나서도 두리번거리며 엉엉 울기만 했다.

"그 애한테 뭔 일이 있는 겨. 어여 전화 넣어봐라. 어린 것이 병원서 혼자 검사 받다가 죽었디야. 고것을 그냥 보내서는 안 뎌. 꾸물대지 말구 어여."

엄마는 양손을 바르르 떨면서 소리를 질렀다고 한다. 나는 엄마를 바꿔달라고 했다. 잠시 기다리라는 언니의 말이 끝나기가 무섭게 엄마의 다급한 목소리가 전화선을 타고 들려왔다. 엄마는 다짜고짜 물었다.

"니가 용이냐?"

마치 저승에서 걸려온 전화를 받는 양 목을 놓아 엉엉 우셨다. 나도 덩달아 울음이 목까지 치밀어 올랐다. 그렇지만 아픈 데도 없고 요즈음은 꽃을 사러오는 손님이 너무 많아서 돈 세기 바쁘다고 애써 너스레를 떨었다. 엄마의 지친 목소리가 다시 전화선을 타고 아련하게 들려왔다.

"요즘 자꾸만 니가 꿈에 뵌다. 뭔 일 있는 건 아니지? 너만 잘 되면 난 아무 걱정읎써."

마음이 약해지신 걸까. 엄마는 나와 통화하고 있다는 사실이 믿기지 않는 듯 말씀 중에도 자꾸만 울먹이셨다. 갑자기 엄마가 보고 싶어졌다. 장사를 한다는 핑계로 안부 전화도 제대로 드리지 못한 것이 마음에 걸렸다. 저녁에 내려가겠다고 한 후 전화를 끊었다. 하루 종일 일이 손에 잡히지 않았다.

오늘은 마침 장날이다. 시장에 들러 엄마가 좋아하는 과일 몇 가지와 감자를 사왔다. 감자를 고무함지박에 넣고 예전에 엄마가 했듯이 놋숟가락으로 껍질을 벗겨냈다. 벗겨진 감자의 얇은 껍질이 마치 엄마의 마른 살갗처럼 느껴졌다. '엄마' 소리가 입에서 저절로 나왔다. 서둘러 찜통에 물을 부어 안친 후 불을 붙였다.

이 년 전 어렵게 결심한 결혼생활을 일 년도 채우지 못하고 접었다. 그의 반복되는 거짓말에 신물이 날 즈음이었다. 헤어질 결정을 하고 친정에 내려가 큰 오빠와 둘째 오빠께 더 이상 결혼생활을 유지할 수 없음을 알렸다. 설거지를 하던 올케가 잠시 놀란 눈으로 나를 쳐다보았다. 무슨 말인가 하려는가 싶더니 서둘러 설거지를 마치고 술상을 차려 내왔다. 큰 오빠는 둘째 오빠를 바라보며 이 일을 어떻게 수습해야 좋을지에 대해 물었고 둘째 오빠는 한 동안 대답을 하지 못했다. 큰 오빠의 헛기침에 고개를 든 둘째 오빠는 동생이 좋다고 하여 결혼을 승낙하긴 했지만 이렇게 될 줄은 몰랐다며 연신 술잔만 기울였다. 잔에 가득 찬 술이 쏟아지는 것도 모른 채 술잔을 든 손으로 눈물을 닦았다. 한참 동안 눈을 감고 생각에 잠겼던 큰 오빠는 이번 일을 엄마께 말씀드리지 말라고 엄명을 놓았다. 엄마께는 외국으로 파견근무를 나갔다고 거짓말을 하기로 했다. 눈치 빠른 엄마가 믿으실지 모르겠으나 당장은 엄마의 건강이 우선이니 그렇게 하기로 의견을 모았다.

엄마가 주방으로 들어오신 건 바로 그 다음이었다. 귀가 어두워 보청기를 끼고도 큰소리로 말을 해야 제대로 알아듣는데 이럴 땐 차라리 엄마의 귀가 어두운 것이 다행이었다. 술상 앞에 앉으신 엄마는 무슨 얘기들을 하기에 얼굴이 밝지 않느냐고 하며 큰 오빠의 얼굴을 살폈다. 아직도 눈자위가 벌건 채로 별 일 아니라고 얼버무리긴 했지만 그런 큰 오빠를 바라보는 엄마의 얼굴에는 개운치 않은 무언가가 가득 차 있었다. 나는 차마 엄마의 얼굴을 똑바로 쳐다볼 수가 없었다. 둘째 오빠는 갑자기 큰소리로 호탕하게 웃으며 넉살을 떨었다.

"아이고 우리 엄마, 오늘 따라 피부가 겁나게 뽀송뽀송허네. 분발랐슈? 이뻐서 보기에는 좋구먼. 울 엄마, 워디 멋있는 영감님 숨겨 놓으셨나?"

"누가 화장을 했다구 그랴? 뭇허는 소리가 읍어."

엄마는 둘째 오빠의 허벅지를 꼬집었다. 우리는 엄마가 눈치챌 새라 전전긍긍했다. 엄마는 내가 시집을 가기 전보다 지금이 더 안 돼 보인다고 나를 볼 때마다 한숨을 쉬신다.

"아무리 돈이 좋다고 해도 그렇지. 혼인한 지 얼마나 됐다고 각시만 놔두구 멀리 가누."

사실대로 말씀드리고 싶지만 내 일로 고심을 하던 오빠들의 얼굴이 떠올라 생각을 접곤 한다. 자식 걱정으로 잠시도 마음을 놓지 못하는 엄마께 자식 된 도리를 한 번만이라도 해보고 싶은데 나는 그 방법을 모른다. 마음만 무거울 뿐이다. 아무래도 엄마는 눈치를 챈 듯하다. 내게 무슨 말씀인가를 하려다 만 적이 여러 번 있었다. 어쩌면 내 대답이 무서워 차마 확인을 못하시는 건지도 모른다. 걱정으로 가득 찬 엄마의 얼굴이 어른거렸다.

감자 탄 냄새가 진동한다. 부리나케 달려가 솥뚜껑을 열었다. 감자가 까맣게 타 뒤엉켜 있었다. 엄마의 가슴도 저렇게 까맣게 타서 뒤엉켜 있는 건 아닐까. 절로 한숨이 나왔다.

"언니, 나 한 삼십 분 늦겠어. 감자 삶다 다 태워서 다시 찌는 중이야. 엄마한테는 조금 늦는다고 전해줘."

제4부

그대에게 바친다

뭔지도 모르고 냉이를 닮았다는 이유로 무턱대고 캐온 황새냉이, 그 새로운 존재에 놀라고 그 맛에 다시 한 번 놀란다. 도감에는 그의 꽃말이 '그대에게 바친다'라고 되어 있다. 이런 호사가 또 어디 있겠는가. 나를 위해 그대를 바친다 하지 않는가.

꽃을 자르다

꽃바구니 주문을 받았다. 되도록 화사하게 만들어 달라는 주문이었다. 바구니에 플로랄 폼을 붙이고 손질한 장미 줄기를 알맞게 잘라 꽂는다. 커버넷이라 불리는 빨간 색 장미는 그 향이 짙고 화형이 좋아 개인적으로 선호하는 종이다. 흰 색과 분홍색이 어우러진 아쿠아는 올 여름 내내 내가 즐겨 쓴 장미다. 장미로 꽃바구니의 전체적인 모양을 잡고 소국 종류인 금수와 퐁퐁, 앙증맞은 엔젤 카네이션을 사이사이 채우면 어느 정도 바구니가 완성된다. 마무리는 편백이나 노무라 등 녹색 잎 소재로 한다.

꽃을 다루는 일을 한 지도 벌써 15년이 넘었다. 처음, 아무것도 모른 채 무턱대고 시작하여 1년도 안 되어 투자한 돈을 몽땅 날려버렸다. 너무 쉽게 생각한 탓이다. 턱없이 부족한 실력을 절실히 느끼고 창업 과정과 꽃꽂이 전문 과정을 공부하였다. 1년 후 장소를 이곳 남면 신산리로 옮겨 다시 꽃가게를 열었다. 쉬는 날을 정해 공부를 계속했다. 둘째 형부와 언니의 도움으로 가게는 날로 번창하였다. 사람의 욕심이란 게 한도 끝도 없다더니 꼭 나를 두고 한 말 같았다. 분점을 내고 싶어졌다. 분점을 내면 성공할 것 같았다. 형제들은 나를 '밀어붙이기 대장'이라고 걱정하며 욕심 부리지 말고 지금 하는 곳이나 잘 관리하라고 했다. 하지만 이 사람, 말 저 사람 말을 들으며 머뭇거리다가는 내게 온 기회를 놓쳐버리고, 가버린 기회는 영영 돌아오지 않을 것만 같았다. 확신이 들자 조바심이 났다.

그 동안 모은 돈과 거래 은행에서 대출을 받아 양주시청 앞에 120평가량의 땅을 얻어 화원 공사를 시작하였다. 통장의 돈이 줄어드는 만큼 화원의 모습이 갖춰지고 있었다. 신이 났다. 공사가 거의 마무리 될 무렵 꽃시장에서 1.5톤 트럭 다섯 대 분의 상품을 구입해 진열을 시작했다. 아무리 생각해보아도 자신이 대견스러웠다. 혼자서 이 큰 일을 해낸 것이다. 누군가는 내게 작은 거인이라고 했다. 그 말이 듣기에 나쁘지 않았다.

술술 잘 풀릴 줄 알았던 분점은 반 년도 채 못가 경영 부실로 점점 기울기 시작했다. 일 년 반만에 다른 이에게 넘겼다. 시작할 때 좋았던 기분보다 몇 백 배의 쓰라림이 있었으나 별 도리가 없었다. 그나마 손해를 조금이라도 줄이려면 더 늦기 전에 처분해야 옳았다. 주위에서 나의 무능을 손가락질하는 것만 같았다. 통장을 꺼내보았다. 바닥이 보였다. 숨이 막혀왔다. 만져보지도 못한 돈이 다시는 돌아올 수 없는 곳으로 야금야금 빠져나갔다. 얼마 안 되는 통장 잔고가 나를 점점 불안하게 했다.

벌써 7년 전 일이다. 남의 농장이 되어버린 곳을 지날 일이 있으면 애써 외면하거나 멀리 돌아서 다닌다. 잊은 줄 알았는데 내 가슴 한 구석에는 여전히 아쉬움이 남아 있다. 이것도 욕심일까. 버릴 것은 미련 없이 버려야 하고 포기할 것은 빨리 포기해야 하건만, 더 이상 내 것도 아닌 것을 가지고 볼 때마다, 생각날 때마다 끙끙대는 꼴이라니. 한심하기 짝이 없다.

리본에 축하 말을 써서 바구니에 달았다. 약속한 시간이 지났다. 손님이 늦으려나 보다. 창밖에는 가을이 짙어간다. 바람이 불 때마다 노란 은행잎이 일시에 우수수 떨어진다. 하늘은 한바탕 비를 쏟아낼 것같이 잔뜩 흐려 있다. 은행잎이 지고 지루한 겨울이 지나면 다시 새순이 돋듯 내게 생긴 상처도 아물 날이 오려나.

아무렴, 나는 아직 좋은 나이이고 해야 할 일이 많다. 동네의 칠십 넘은 할머니의 살아가는 이야기를 들어야 하고 그 할머니가 가져다주는 꽃씨를 보관해야 한다. 꽃꽂이 하는 나를 보고 멀쩡한 꽃을 댕강댕강 잘라낸다며 잔인하다고 말하는 거래처 사장님의 짓궂은 핀잔도 들어야 한다. 겨울을 잘 나기 위해 부지런을 떨어야 하며 내년 봄에는 올해

보다 더 나은 화원의 마당 가꾸기를 위한 계획을 세워야 한다.

꽃을 자르는 나를 잔인하게 보는 이도 있지만 나는 꽃을 자르며 미련을 버리고 포기할 줄 아는 방법을 배우고 있다. 잘릴 만큼 잘려 나가야 제대로 된 작품이 완성된다면 그러지 못할 이유도 없다.

작업대 위에 놓인 꽃바구니가 나를 보고 웃는다.

아침 손님

이른 아침, 여든 중반쯤 되어 보이는 할머니 한 분이 화원에 오셨다. 키가 크고 마른 편이었다. 살짝 건드리기만 해도 맥없이 쓰러질 것처럼 걸음걸이가 위태로웠다.

안으로 들어온 할머니는 이리저리 두리번거리며 천천히 화원을 살폈다. 전보다 물건이 많아졌다는 둥, 정리가 깔끔하게 잘 되어 보기 좋다는 둥 말을 이어갔다. 기억을 더듬어 보아도 생각이 안 나는 걸 보면 할머니는 내가 없을 때 한 번쯤 다녀가셨던가 보다. 나는 찾는 물건이 있으신지 여쭈었다. 할머니는 고개만 끄덕이며 표정 없이 발자국을 느리게 옮겼다. 불안했다. 저러다가 쓰러지기라도 하면 물건이 망가지는 것은 둘째 치고 할머니가 다칠 것 같았다. 재빨리 의자를 내드렸다. 의자에 앉은 할머니는 다시 화원을 두리번거렸다. 나는 맞은편에 앉아 보던 잡지를 뒤적였다. 할머니는 헛기침을 한 번 하고는 혼자 사느냐, 밥은 무엇이랑 먹느냐, 잠은 어디서 자냐는 둥 다시 질문을 이어갔다. 나는 고개를 들고 대답 대신 살짝 웃어 보였지만 속으로는 슬슬 짜증이 났다. 얼마간의 침묵을 할머니가 깨웠다.

"물 한 잔만 주시우."

재빨리 할머니에게 물잔을 건넸다. 할머니는 느리게 물잔을 받아들었다. 아무래도 금방 갈 것 같지 않았다. 관찰하듯 나를 깊이 살피는 할머니의 시선이 점점 거북했다.

시계는 오전 8시 30분을 가리키고 있었다. 이렇게 이른 시각에 정말 꽃을 사러 왔을까. 할머니는 여전히 일어날 기미가 안 보였다.

"여기서 혹시 누굴 기다리기로 하셨나요?"

할머니는 얼핏 웃으며 고개만 끄덕였다. 그러면 그렇지, 애초에 물건을 살 생각은 없으셨던 것이다. 근처에서 누굴 만나기로 했는데 다리가 아프니 잠시 쉬어갈 참이었다고 말하면 안 되었나. 솔직하게 말씀하실 일이지. 꽃을 사러 왔다고 하니 그런 줄만 알고 이 눈치 저 눈치 살피며 친절을 가장했으니, 생각할수록 민망하기 짝이 없었다. 잠시 쉬었다 간다고 했다면 나도 편안히 하던 일에 열중할 수 있었을 텐데.

동선을 두고 할머니의 표정을 살폈다. 눈에 힘이 없었다. 나까지 함께 힘이 빠져버릴 것 같았다. 이러다가는 종일 기분이 늘어질 판이었다. 조바심이 났다. 하지만 내 속내와는 달리 할머니는 꼼짝도 하지 않았다.

나는 또 다른 일거리를 찾았다. 화초에 물을 주면서 할머니를 흘끔거리며 훔쳐봤다.

할머니의 시선은 밖에 있었다. 하늘이 어두워졌다. 금방이라도 비가 쏟아질 것만 같았다. 할머니는 문밖에 시선을 둔 채로 비가 오려나 보다며 얇은 숨을 내쉬었다. 나는 기다렸다는 듯 말했다.

"오늘도 비가 많이 온다나 봐요. 곧 쏟아질 듯하니 서둘러 가시는 게 좋겠어요."

할머니는 대답 대신 나를 쳐다봤다. 우산을 빌려드릴까 생각했지만 그러고 싶지 않았다. 그렇게 되면 할머니는 마냥 갈 생각을 안 할 수도 있다는 생각이 들었기 때문이었다. 관심을 접기로 했다. 나는 하던 일을 계속했다. 내 속을 들여다 본 듯 할머니는 곧 의자에서 천천히 일어났다. 잠시 할머니의 몸이 중심을 잃고 비틀거렸다. 부축하려 가까이 가자 괜찮다며 내 손을 뿌리쳤다. 무안했다. 할머니의 표정은 차가웠다. 나도 더는 움직이지 않았다.

테이블을 짚은 할머니의 앙상하게 마른 손등이 내 마음을 붙잡았다. 마치 땅 위로 비집고 올라온 고목의 뿌리와도 같았다. 흙이 씻겨나가 밖으로 몸을 내보인 뿌리, 그 나무뿌리 같은 할머니의 손등을 보면서 나는 잠시 움찔했다. 돌아가신 부모님 얼굴이 스쳤다.

부모님은 농사일을 하는 큰 오빠 내외가 모셨다. 엄마마저 시장에 가시면 아버지는 혼자였다. 거동이 불편해지면서 방에 누워서 지내는 날이 많았다. 특별히 할 말도 없으면서 다섯 딸에게 돌아가며 전화를 거셨다. 나는 아버지의 전화가 귀찮았다. 부러 받지 않을 때가 많았다. 아버지가 돌아가시고 어머니도 기력이 쇠잔해지셨을 때, 어머니의 전화도 피할 때가 많았다. 귀가 어두우시니 큰소리로 말 할 수 없어서 퇴근하고 전화를 드려야지 하다가 잊기 일쑤였다. 나중에 전화를 걸면 어머니는 바빠서 안 받았거니 생각하셨단다. 두 분의 생전 모습이 떠오르며 할머니에게 미안한 생각이 들었다. 하지만 뒤돌아 나가는 할머니를 붙잡고 싶지는 않았다.

할머니가 나가고 얼마 안 있어 빗방울이 떨어졌다. 점점 세졌다. 일손을 멈추고 서둘러 현관 쪽으로 나가 밖을 살폈다. 할머니 걸음이라면 아직 내 시선에서 벗어나지 못했을 텐데 보이지 않았다. 왠지 못내 마음에 걸렸다.

내가 너무한 걸까? 쉬었다 가게 모른 척 해드렸어야 했나? 그렇지만 아침부터 기운을 빼고 싶지 않았다. 긴 장마와 높은 습도는 가만히 앉아만 있어도 불쾌지수를 높였다. 날씨 탓인지 요즘은 손님도 뜸하다. 이른 아침부터 할머니의 창백한 얼굴, 종잇장처럼 얇은 피부, 물기 없는 목소리를 대하는 게 불편했다. 잠시도 눈을 떼어서는 안 될 것 같은 할머니의 거동도 불안하기는 마찬가지였다. 거기에 귀찮을 정도로 난데없는 질문을 하니 인내심을 최대한 발휘한다 해도 한계를 느낄 수밖에 없었다. 자칫 불친절한 가게라고 소문을 낼 수도 있어, 최대한 표정관리를 하면서 되도록 목소리도 부드러운 톤을 유지해야 했다. 할머니는 그것도 모르고 연신 내게 말을 걸었다. 나는 나의 행동을 정당화하며 스스스로를 위안해 보았지만 이상하게도 마음이 찜찜했다.

혹여 대화 상대가 필요해서 무작정 집을 나선 것은 아니었을까. 자식들이 모두들 일터로 나가고 혼자만 집에 남게 되자 갑자기 외로워졌는지도 모른다. 몸을 이리 돌리고 저리 돌리며 종일 방안에 누워 지내다가 문득 어느 날씨 좋은 날 들러 봤던 화원에 꽃구경이라도 가봐야겠다는 생각으로 아침 일찍 집을 나섰을지도 모를 일이다. 그런데 꽃집 분위기는 전과 달랐고, 예상치 못하게 하늘도 갑자기 흐려졌고, 화원의 여자도 표정이 좋지 않으니 마음 한 자락 붙이지 못하고 돌아나간 것은 아닐까.

천천히 밖을 살피는데 아직 문을 열지 않은 건너편 화원 앞에 쭈그리고 앉아 있는 할머니의 모습이 보였다. 앞집 여자는 누구와도 얘기를 잘했다. 몇 년 전 우리 화원의 직원으로 있을 때도 그랬다. 좀 짓궂다 싶은 남자 손님하고도 자연스럽게 이야기를 이어가곤 했다. 하릴없이 찾아와 커피만 축내고 가는 아주머니들과도 인상 찌푸리는 일 없이 잘 지냈다. 할머니는 앞집 여자를 만나러 왔던 거였을까.

지금이라도 우산을 갖다 드릴까, 이리로 다시 모셔올까? 머릿속이 복잡했다. 그때 전화벨이 울렸다. 빗방울은 점점 거세졌다. 자동차 지나가는 소리가 빗소리에 섞여 무겁게 들렸다. 신경이 온통 밖으로 쏠려 통화는 건성이었다. 도로에 흐르는 물은 자동차가 지나갈 때마다 폭탄을 쏘아대는 듯했다. 하늘은 쉬지 않고 무서울 정도로 빗물을 퍼부었다.

통화를 끝내고 바삐 건너편 화원을 살폈다. 어디로 가신 것일까. 할머니가 보이지 않았다.

행복한 사람들

하루 종일 화원은 분주했다. 봄이 무르익으면서 점점 더 바빠진다. 꽃시장에서 골라온 갖가지 꽃들을 가게 안팎에 진열하면서 어느 부자 못지않다는 생각을 해본다.

화원을 시작한 지도 벌써 10년이 넘었다. 아무것도 모른 채 시작하여 생각지도 못한 어려움을 겪기도 했다. 무지에서 오는 실패는 언제나 사람을 무기력하게 만들었다. 그럴 때마다 자신감이 사라지는 것을 느꼈다.

하지만 화원을 오가는 손님들은 꽃과 함께 사니 얼마나 좋으냐며 부러워한다. 그들의 눈에는 내가 한없이 행복한 여자로 보이나 보다. 보이지 않는 곳의 어려움을 그들은 알까. 좋아서 하는 일이라고는 하나,

마냥 좋기만 한 것은 아니다. 다른 이들처럼 주말이면 가족과 나들이를 한다던가, 마음 편하게 취미생활을 할 수도 없다. 외출을 해도 업무와 관련된 전화를 받느라 자유롭지 못하다. 그렇지만 일상에서 오는 재미가 때론 행복이 되기도 한다.

며칠 전이다. 여느 때처럼 퇴근 준비를 마쳤을 때 한 중년남자와 초등학교 저학년쯤 돼 보이는 여자아이 둘이 들어왔다. 아이들은 약속이라도 한 듯이 얼굴을 붉히며 더듬더듬 말을 이어갔다. 무슨 말인지 정확하게 알아들을 수가 없었다. 인상이 좋아 보이는 남자는 장미꽃 한 다발을 살 거라며 포장을 예쁘게 해달라고 했다. 그들은 부녀지간이었다. 연년생인 듯한 두 자매는 방실거리며 오늘이 엄마 생신이라고 했다. 장애아였다. 아이들이 주고받는 대화는 매우 단순했다. 아버지는 환한 웃음을 머금은 채 그런 두 딸을 번갈아 바라보고 있었다.

꽃 냉장고에서 장미 세 단과 안개꽃을 꺼냈다. 안개꽃은 신선도가 떨어졌으니 원한다면 그냥 드리겠다고 했다. 세 사람은 일제히 손뼉을 치며 좋아했다.

"엄…마는 안개꽃…도 좋아 하…세…요."

작은 아이가 더듬더듬 말했다. 아이는 포장을 하는 나의 손놀림이 신기한지 연신 방실대며 가까이 다가왔다.

"아줌마가 꽃 포장하는 동안 너희들은 엄마한테 편지 써볼래?"

나의 말에 아이들은 고개를 끄덕였다. 분홍색 카드 두 장을 꺼내 볼펜과 함께 건넸다. 아버지는 아이들의 편지 쓰는 모습을 흐뭇하게 지켜보았다.

"집사람 만나고 처음으로 선물하는 꽃입니다. 가격은 아무래도 좋으니 예쁘게만 만들어 주세요."

점잖은 목소리가 왠지 좋은 사람 같아 보였다.

빨간 장미를 아이들 얼굴처럼 동그랗게 꾸미고 가장자리를 안개꽃으로 치장했다. 일반적인 디자인이지만 귀한 손님에게만 쓰는 포장지를 사용하여 한결 격이 있어 보이는 꽃다발을 완성했다. 아버지와 아이들도 마음에 든다고 했다. 아이들이 쓴 편지를 리본으로 장식해 다발에 꽂았다. 아이들은 완성된 꽃다발을 받아들며 또 손뼉을 쳤다. 뭐라고 썼는지 궁금하다고 말하니 얼굴을 붉히며 비밀이라고 했다.

"그런데…요. 엄…마…한테 사랑한다고 썼…어요."

비밀이라고 말했던 큰아이가 수줍게 웃었다. 웃는 얼굴이 천사와도 같았다.

그들이 떠나간 출입문을 한 동안 바라보았다. 가로등 불빛에 주차장으로 향하는 그들의 움직임이 선명하게 보였다. 아이들은 여전히 재잘댔고 아버지는 그들이 안전하게 차에 오를 수 있도록 돕고 있었다. 그들의 모습에 하루 종일 쌓였던 피로가 한순간에 사라지는 듯했다.

마음이 순수한 사람들은 작은 일로도 행복을 얻는가 보다. 꽃 장사 10년 만에 꽃다발 하나 만들며 얻은 깨달음이다. 몸이 온전치 못한 저 아이들이 한 다발의 꽃에서 행복을 느끼는데, 건강한 몸에 매일 꽃에 둘러싸여 살면서도 나는 왜 만족하지 못한 것일까.

부리나케 가게 밖으로 나갔다. 혹시 그들의 행복한 모습을 한 번이라도 더 볼 수 있으려나.

그들이 탄 차가 저 멀리 후미등을 깜박이며 건물 모퉁이를 돌아가고 있었다.

잘한 일일까

한 달 전 단골고객이 일곱 상자의 꽃을 예약했다. 손님이 말하면 그대로 따라 말하며 받아 적게 된다. 그리고 한 번 더 적은 것을 보며 불러주는 것으로 마무리를 짓는다. 이는 꽃 일을 시작한 지 얼마 안 돼 손님과의 약속을 잊고 배달을 못했던 일이 있은 후에 생긴 습관적인 행동이다. 그런 다음 날짜와 주문 상품, 수량 등을 적어 놓고 손님이 원한 날짜에 맞춰 배달해줘야 하니, 꽃시장에 갈 날짜도 계획표에 꼼꼼히 적는다. 그렇게 예약 받은 상품을 어제 납품했고, 오늘 그 고객한테서 전화를 받았다.

그는 대뜸 자기가 주문한 꽃은 이게 아니라고 말한다. 나는 한 달 전 그가 꽃을 주문할 때의 상황을 차분히 설명했다. 그는 나와 나누지 않은 이야기를 사실처럼 말했다. 자기가 원했던 꽃은 쑥갓을 닮은 꽃이라며 옆에 있는 사람과도 이야기를 나눴다는 것이다. 그가 설명한 대로라면 그 꽃은 마가렛이다. 하지만 내가 받아 적은 꽃 이름은 바이올렛이었다. 거듭 설명했지만 막무가내였다. 키우기 까다로운 바이올렛을 그렇게 많이 어디에 쓰겠냐고, 그 정도면 궁금해서라도 자기한테 물어봤어야 옳았다는 것이다. 할 말을 잃었다. 10년 넘게 꽃 일을 했지만 이런 일은 처음이었다. 더군다나 그가 꽃을 모르는 이도 아니고 어떤 면에서는 나보다도 전문지식이 풍부하기에 더 물을 것도 없었다. 받아 적은 내용을 다시 불러주는 것으로 충분할 줄 알았던 것이다. 좀 더 신중했어야 했다. 아니, 충분히 신중했었다.

통화하면서 어떡하면 서로 기분 상하지 않은 선에서 문제를 해결할 것인지 바삐 머리를 굴려봤지만, 뾰족한 방법이 떠오르지 않았다. 최악의 경우 배달한 꽃을 몽땅 내가 되받아오는 쪽도 생각해야 했다. 대화가 이어지면서 그는 자기 잘못을 인정하며 반씩 부담하자고 했다. 하지만 그의 다음 말이 그렇게 할 수 없게 만들었다. 주변에 한 상자씩 돌릴 생각이란다. 키우기 어렵고 더구나 그 꽃은 좋아하는 이가 따로 있어서 아무에게나 선물하기에는 적절한 꽃이 아니다. 속은 상했지만 내 처지를 고려해주려는 것으로 이해하고 모든 꽃을 되받으려 했다.

근래 가라앉은 내 기분을 달래주려고 많은 꽃을 주문했을 것이다. 자기 가족 중에도 꽃 도매상을 하는 이가 있다. 무엇이 아쉬워 내 꽃을 썼겠는가. 그의 마음을 몰라라 할 수도 없었다. 괜찮으니 모두 보내라 했다. 결국 그가 두 상자를 맡고 나머지 다섯 상자를 돌려받기로 했다.

꽃을 받아 상자를 여는 순간 놀라지 않을 수 없었다. 대부분 얼어 있었다. 추위를 잘 타는 꽃을 밤새 밖에 놔두었었나 보다. 배달하면서 덮어놓은 덮개도 걷어버렸는지 보이지 않았다. 낭패였다. 약이 바짝 올랐다. 이 상태를 보고도 돌려보냈단 말인가. 순간적으로 만감이 교차했다. '꽃이 얼었네요'라고 문자 메시지를 전송했다. 바쁜지 그에게선 연락이 없었다. 난감할 뿐이었다.

엄마라면 이 일을 어떻게 처리하셨을까. 보나마나 당신이 손해 보는 쪽을 택하셨을 것이다. '이렇게 하면 내가 두 발 뻗고 잘 수 있단다. 그리고 그 사람은 내게 미안해서라도 계속 나랑 거래할 것이고. 그 사람에게 필요 없는 꽃을 손해 보지 않을 양으로 두고 왔다면 네 마음인들 편했을까. 잘한 일이다. 잘했고말고. 오늘은 조금 손해 보는 날이라고 생각하려무나.' 장사를 했던 생전의 엄마 모습이 선명하게 떠오르며 마치 옆에서 말씀하시는 것만 같았다.

엄마의 다정한 목소리를 들으니 마음이 한결 편안해졌다. 큰 칭찬과 더불어 위로를 받은 듯 뿌듯하기까지 했다. 숨을 한 번 고르고 어제 사 온 꽃을 정리했다. 그런데 일을 하면서 자꾸만 한 쪽 구석에 쌓여 있는 언 꽃이 신경을 건드렸다. 다시 화가 치밀어 올랐다. 그때 전화기 문자 메시지 신호음이 울렸다.

"꽃이 언 줄 몰랐어요. 내일 갈 테니 만나서 얘기해요. 미안해요."

그가 다녀갔다. 화원을 둘러보면서 한참을 서성인 그는 다소 오래돼 상품가치가 떨어진 꽃들만 찾아 상자에 담았다. 의아해하는 내 모습에 미소로 답하며 손길을 멈추지 않았다. 그의 승용차는 꽃으로 가득 찼다. 배양토와 장식용 돌멩이를 챙기고 야생화 몇 개를 추가로 실었다. 그는 한 푼도 빼지 말고 정상가격대로 다 받으라며 웃으며 내 어깨를 토닥였다. 배웅하는 내게 간식 봉지를 건네주고는 앞으로 일이 잘 풀릴 거라는 말을 건넸다. 왠지 그녀의 말에 믿음이 갔다. 그녀는 무녀巫女다.

버린 바이올렛의 양이 워낙 많아 금전적으로는 손해를 보았지만 그의 따뜻한 마음에 큰 이득을 얻은 듯 가슴이 뿌듯했다. 게다가 복채도 내지 않고 점을 보았으니 얼마나 큰 소득인가. 슬며시 웃음이 나왔다.

그나저나 나는 참장사꾼이 되려면 아직 멀었나 보다.

오해

건망증이 심하다. 누구나 다 그러는 것인지, 아니면 내가 좀 심한 것인지. 일상생활에서 가벼운 건망증은 크게 신경쓸 일은 아니겠으나 사업과 관련되면 신뢰감을 크게 떨어뜨리는 일이 될 수 있다.

보름 전쯤이었다. K상무는 2주 후에 직원 결혼식이 있다며 축하화환을 만들어 달라는 연락을 해왔다. 일본 출장에서 돌아와 주문하기에는 날짜가 촉박해서 미리 하는 것이니 착오 없기를 바란다고 했다.

지난 주는 시청 공무원 인사이동으로 한 주 내내 분주했다. 일주일에 한 번 정도 가던 꽃시장을 서너 번인가 다녀와야 했다. 집에 오면 씻기가 무섭게 파김치가 되어 잠이 들었다. 분주함이 가시고 한숨 돌리고 있던 주말 오후, 또 다시 주문이 밀려들었다. 주문장에 메모를 하고 달력에 표시를 한 후 한 건씩 손으로 짚어가며 확인을 했다.

다음 날이었다. 음악을 들으며 커피를 마시고 있는데 전화벨이 울렸다. K상무였다. 출장은 잘 다녀오셨냐며 인사를 건넸다. 그는 인사는 받는 둥 마는 둥 하며 다그치듯 물었다.

"우리 꽃 어떻게 되었어요? 안 보냈나요?"

"무슨 말씀이신지?"

재빨리 예약 노트를 꺼냈다. 시간을 보니 예식시간 십 분 전이다. 내가 노트를 뒤적일 때 그는 아무리 찾아봐도 꽃이 보이지 않는다며 언성을 높였다. 그럴 리가 있나. 늦어도 행사시간 삼십 분 전에는 도착이 되어 있어야 한다. 전화기 너머에 있는 그에게 죄송하단 말을 연발하며 달력과 주문장을 다시 살폈다. 아, 갑자기 눈앞이 캄캄해왔다. 어찌된 일인가. 전 날 꼼꼼하게 확인하고 퇴근했는데 누락이었다.

"상무님 죄송합니다. 제가 실수를 했습니다. 곧 가까운 거래처에 연락하여 조치토록 하겠습니다. 죄송합니다."

K상무가 앞에 있는 듯 몇 번이나 머리를 조아리며 죄송하다는 말만 되풀이했다. 정말 난감했다. 하지만 낭패스럽기로는 K상무가 더할 것이었다.

"됐습니다!"

그는 단호하게 말한 후 전화를 끊어 버렸다. 거래하는 화원에 급히 전화를 했다. 사정 이야기를 한 후 최대한 빨리 배송을 부탁했지만 주말

교통체증 때문에 아무리 서두른다 해도 행사시간 전에 도착시키기는 무리라고 난처해했다.

어떤 방법을 써서라도 나의 잘못을 만회하고 싶었지만 길이 없었다. 리본 글씨가 틀려서 다시 써주는 일은 종종 있었다. 하지만 주문을 못한 경우라니. 자신에게 실망스러웠다. 갑자기 머리가 터질 듯 아파왔다. 식사시간이 지났는데도 시장기조차 느껴지지 않았다. 거래가 끊어질 것은 기정사실이겠지만 해서는 안 될 실수를 한 자신을 납득할 수 없었다.

퇴근 후 저녁약속을 취소하고 곧장 집으로 향했다. 내일 아침에 일찍 찾아가 손이 발이 되도록 싹싹 비는 방법밖에는 달리 묘책이 떠오르지 않았다. 화가 난 K상무의 얼굴이 스쳐 지나갔다. 그가 무섭게 노려보는 것 같아 순간적으로 소름이 돋았다. 내일은 오전부터 각 읍 · 면 · 동에 한 시간 간격으로 면장 이취임식이 있다. 일곱 개 읍면을 돌고 나면 오후 4시는 족히 넘을 텐데 그 시간에 찾아간다면 너무 늦다. 궁리로 잠이 오지 않았다.

자는 둥 마는 둥 꿈속을 헤매다가 눈을 떴다. 새벽 다섯 시였다. 출근 준비를 서둘렀다. 오늘 배달할 물건을 미리 확인하고 될 수 있는 한, 시간을 앞당겨 K상무를 만나야 했다. 잠을 못 잔 탓에 머리가 아프고 현기증이 났다. 눈도 따갑고 침침했다. 어제 점심부터 식사를 못하여 뱃속도 허전했다. 출근을 하니 오늘 따라 화원이 낯설기 짝이 없다. 커피를 끓이며 마음을 가라앉혀 보려고 했으나 가슴은 여전히 쿵쿵 뛰었다. 화분에 번호표를 붙이며 배달할 순서대로 정리를 했다. 또 다른 실수를 하지나 않을까 신경은 극도로 날카로웠다.

다행히 별 탈 없이 일을 마칠 수 있었다. 다시 마음이 초조해졌다. 저녁때가 다 되서야 배달을 마치고 오면서 사온 케이크를 자동차에 싣고 시동을 걸었다. 어차피 당해야 할 일이라면 더 이상 망설일 이유가 없었다. 눈 딱 감고 용서해 주십사하고 머리 숙여 사과하리라.

주차장 입구에서 방문 목적을 썼다. 매번 쓰던 것인데도 어떻게 써야 할지조차 방법이 떠오르질 않았다. 경비원 아저씨는 그런 나를 도우려는지 어떤 일로 누구를 만나러 왔냐며 처음 방문한 이에게 하듯 친절하게 물었다. 회사 이름과 K상무 이름을 대었다. 몇 가지 확인을 마친 후에야 주차장에 차를 세울 수 있었다.

K상무가 있는 3층으로 가는 계단은 찬바람이 일었다. 절전을 하려는지 복도의 전등도 꺼져 있었다. 공포감이 엄습해 왔다. 사무실이 가까워질수록 발걸음은 모래주머니를 매단 것처럼 무거웠다. 손가락은 마비된 듯 움직여지지 않았다. 숨을 가다듬고 문을 두드렸다. 고개를 숙이고 들어서자 여직원이 나를 알아보고 반갑게 맞이했다. 여직원은 어쩌다가 그런 실수를 했냐며 안타까워했다. 상무는 자리를 비우고 없었다. 아무 말도 할 수가 없었다. 그냥 멋쩍게 웃었다. 그녀가 건네는 따뜻한 차를 마시며 상무를 기다리는 십여 분이 길게만 느껴졌다.

칠판의 행사표에 눈길이 갔다. 이 달 내내 매주 토요일과 일요일에는 결혼식으로 채워져 있었다. 나는 속으로 화환 개수를 세었다. 직업은 못 속이나 보다. K상무가 들어왔다. 간신히 가라앉힌 심장이 다시 요동을 치기 시작했다. 벌떡 일어나 그 앞으로 다가갔다.

"상무님 죄송합니다. 너무 큰 실수를 했습니다. 정말 죄송합니다."

더 이상은 할 말이 떠오르지 않아 입을 다물고 서 있었다. 그는 예식장 근처의 화원에서 잘 처리를 했다며 지나간 일이니 더 이상 개의치 말라고 했다. 가지고 간 케이크를 그의 책상에 올려놓고 다시 한 번 고개를 숙였다. 그는 이러지 않아도 되는데 케이크까지 사오냐며 웃었다. 겉으론 웃었지만 속내는 이미 거래정지 카드를 내미는 듯했다. 돌아서 걸어 나오는데 등이 서늘했다.

어쨌거나 작정한 대로 사과를 하고 나니 마음은 한결 가벼웠다. 가게로 돌아오는 길, 라디오에서는 내가 즐겨듣던 팝송이 흘러나왔다. 있는 힘을 다해 엉터리 발음으로 소리, 소리 지르며 따라 불렀다.

다음 날, K상무에게 소개받았던 A거래처에서 전화가 걸려왔다. 밀린 대금을 오늘 내로 모두 결제해줄 것이니 거래 내역을 정리해 놓으라 한다. 이게 무슨 소린가. A거래처는 그동안 월말 결제를 하지 않았던가. 전화기를 내려놓으며 나는 쓴웃음을 지었다. K상무가 그새 소문을 낸 것이다. 그러면 그렇지. 서운했지만 할 수 없었다. 내가 그 입장이라 해도 실수하는 화원을 어떻게 믿고 계속 거래하겠는가. 화원이 이 동네에 하나만 있는 것도 아닌데….

하루가 저물고 있었다. 마음을 내려놓고 평정심을 되찾았을 즈음 전화가 걸려왔다. K상무였다.

"사장님, 이번 주 일요일 직원 결혼식 있습니다. 시간과 장소를 팩스로 넣어 드릴 테니 받고 전화 주세요."

그의 목소리는 평소와 같았다. 전화기를 잡고 있는 나의 손이 바르르 떨렸다. 너무 앞서 갔다. 적은 금액은 당일 결제 방식으로 바꾼 A거래처의 내부지침을 알지 못하고 오해했다. K상무에 대해서도 멋대로 판단하고 서운해 했던 것이다. 까마귀 날자 배 떨어진 셈이다.

오늘은 커피 대신
민들레차를 마셔야겠다

일 년 전, 사람 좋아 보이는 중년 부인이 가게로 찾아왔다. 아이 셋을 대학에 보내놓고 나니 남편 월급만으로는 살기가 버겁다며 반찬값이라도 벌게 해달라고 했다. 또한 그녀는 꽃 일을 배워 5년 후 직업군인인 남편이 퇴직하면 꽃집을 차리고 싶다며 일하게 해줄 것을 간청했다. 딱히 점원을 쓸 형편도 아니고, 점원이 자주 바뀌는 것도 모양 사나워 아예 혼자 해볼까 하던 참이었다. 하지만 꽃 가꾸는 일을 좋아하고 꽃꽂이 수업도 기초과정을 수료했다고 하니 그녀와 일을 하는 것도 괜찮겠다 싶었다.

다음날부터 그녀는 출근을 했다. 나중에 화원을 차리게 되면 도움을 달라며 10년이나 어린 나를 깍듯이 대했다. 불안할 정도로 잠시도 쉬지 않고 일하며 짓궂은 손님들과도 거리낌 없이 잘 지냈다. 얼마 후에는 그녀에게 가게 일을 거의 다 맡기다시피 했고, 나는 주로 영업에 치중했다.

대목(5월은 일 년 중 화원이 가장 바쁜 달이다)을 앞둔 오월 초, 장에 가던 길에 교통사고를 당했다. 자동차는 물론 몸도 많이 상했다. 의사는 최소한 3주 정도 입원을 해 집중치료를 받아야 한다고 했다. 가장 바쁜 시기에 그녀에게 화원을 맡긴다는 것이 마음에 걸렸지만 우선은 상한 몸을 추스르지 않을 수 없었다. 그녀가 있는 것이 그나마 다행이었다.

입원한 지 일주일 정도 지났을까. 그녀가 병실 문을 밀고 들어왔다. 몸이 아파 일을 그만 둬야겠다며 미안하다고 했다. 8개월 전에는 어떻게든 일만 할 수 있게 해주면 약속한 기간까지 열심히 하겠다고 몇 번이나 다짐했던 그녀였다. 스승의 날까지만 가게를 봐달라고 부탁했지만 자기가 쓰러지면 책임지겠냐는 바람에 더 이상 할 말을 잃고 말았다. 며칠 후 나는 서둘러 퇴원했고, 그녀는 마지막 월급봉투를 받아들고 화원 문을 나섰다.

화원을 그만 둔 사흘 후 그녀가 내게 전화를 했다.

"복용씨, 우리 원수지려나 봐. 사실은 내가 그 앞 꽃가게 인수했어. 입이 안 떨어져 말을 못 했어. 미안해."

현기증이 일었다. 이럴 수는 없는 일이었다. 병을 핑계로 그만둔 것이 나이 먹은 사람답지 못했다. 그녀를 잘못 본 것이 부끄러웠다.

“경우가 아닌 줄만 아세요!”

나는 떨리는 목소리를 진정하며 간신히 한마디 했다. 화원을 그만 둔 지 열흘쯤 지나 그녀는 성대하게 개업식을 했다.

마당에 내놓은 화초에 물을 주다가 문득 고개를 돌렸다. 30여 미터 떨어진 길 건너편 가게에서 이런저런 연장을 가지고 분주히 움직이는 인부들, 열려진 문 사이에 서서 작업을 지시하는 주인여자의 모습이 눈에 들어왔다. 마당이며, 가게 안이며 자재들로 발 들여 놓을 틈이 없어 보였다.

물주기를 끝내고 가게 안으로 들어와 화초를 손질하고 있을 때 문을 밀고 머쓱한 표정으로 그녀가 들어왔다. 그러고 보니 그녀와 대면한 지도 4개월이 지났다. 어느 날 갑자기 그녀가 코앞의 화원을 인수했다는 이유로 우리는 말을 붙이기도, 눈을 마주하기도 불편한 사이가 되고 말았다. 그녀가 했던, ‘복용씨, 우리 원수지려나 봐’라는 말이 목에 가시처럼 걸려서 의식적으로 그녀를 피하고 싶었는지도 모른다.

그녀가 올 봄에 선물한 민들레차를 끓여 냈다. 후후 불면서 몇 모금을 마실 때까지 우린 아무 말도 하지 않았다. 차를 서너 모금 마셨을 즈음 내 얼굴을 보며 홍조 띤 그녀가 말했다.

“복용씨, 미안해요. 내가 잘못 생각했나 봐. 아무것도 모르고 누구나 할 수 있는 일인 줄 알았어. 화분 몇 개 팔고 나면 돈깨나 남는 줄 착각했어. 그게 아닌 걸 이제야 알겠어.”

찻잔을 든 그녀의 손이 떨고 있었다.

"계속 마음이 편치 못했어. 복용씨가 '경우가 아닌 것만 아세요'라고 한 말이 아직도 가슴에 남아 있어. 양심이 없는 사람인가 봐, 나는. 그래서 벌 받는 거지."

그녀는 소리 없이 울고 있었다. 퉁퉁 부은 얼굴은 건강이 안 좋아졌다는 신호 같았다. 얼굴의 광대뼈 부분이 유난히 도드라졌고 복숭아처럼 붉었다. 그때까지도 차갑게 그녀를 바라보았다. 남이 울면 이유도 모른 채 덩달아 울곤 했던 예전의 내가 아니라는 사실이 나를 놀라게 했다. 그 동안 참고 지냈던 일들이 뇌리를 스쳤다. 그녀를 증오하고 있음이 틀림없었다.

그녀의 입을 통해 번진 나의 가정사에 대한 소문으로 가슴앓이를 했던 것을 생각하면 부아가 치밀었다. 주변사람인 까마득히 어린 여자가 나를 함부로 대하는 것도 그녀가 퍼트린 소문 탓으로 여겨졌다. 언니처럼 믿었기에 안팎 사정을 드러내보였던 것이 잘못이었다. 그녀가 다시 말을 이었다.

"장사도 안 되고 건강도 안 좋아졌어요. 마침 남편에게 조리사 자격증이 있어 식당을 해볼까 해. 정말 미안했어. 밥 먹으러 와요. 맛있게 해줄게."

그녀가 가겠노라며 일어섰다. 몸이 의자에 붙은 듯 움직일 수가 없었다. 속에 묻었던 서운한 말을 해야 하는데 입을 벙긋도 할 수가 없었다. 가슴이 조여오고 숨조차 쉬기 어려웠다. 갑갑함에 몸서리를 치다가 정신이 들었다. 꿈이었다. 온몸이 땀에 젖어 이불까지 축축했다. 여전히 몸을 움직일 수가 없었다. 아직도 밖은 어두웠다.

출근을 하자마자 건너편 화원을 살폈다. 그녀가 화초에 물을 주고 있었다. 그러면 그렇지. 저렇게 멀쩡하게 화원을 간수하고 있는데 업종을 변경하다니…. 나도 모르게 웃음이 나왔다. 그런 꿈을 꿨다는 사실이 불쾌하기도 했다. 꿈속이었지만 그녀에게 미안해하며 그녀의 건강을 걱정했던 걸 생각하니 어이가 없었다.

어차피 세월이 가면 잊힐 일이지만 내 마음속에 남아 있는 그녀에 대한 감정이 여과되기에는 때가 아직 이른가 보다. 시간이 더 지나야할 것 같다.

가스레인지에 물주전자를 올렸다. 오늘은 커피 대신 민들레차를 마셔봐야겠다.

그대에게
바친다

오늘 점심 밥상에 냉이를 무쳐 올렸다. 호미를 들고 밭으로 나가 두어 시간 캔 냉이는 소쿠리의 바닥에 겨우 깔릴 정도였다. 폼 재고 나가 바람만 맞은 셈이다. 내가 캔 것은 잎이 냉이와 비슷할 뿐 실상 무슨 나물인지 의심이 가는 풀이었다. 한 잎 따서 향을 맡아봤다. 별다른 향이 나지 않는다. 손가락으로 잎을 비벼서 으깨어 코밑에 갖다 댔다. 냄새가 나는 듯 마는 듯하다. 뿌리의 껍질을 손톱으로 벗겨 맡아봐도 마찬가지다.

돌아오는 길에 언니에게 들러 물어보았다. 언니는 모양만 보고서 대뜸 황새냉이라고 했다. 봄의 영양덩어리인데 이런 걸 어찌 알고 캐왔냐며 어린아이에게 하듯 내 머리를 쓰다듬었다. 언니가 가끔 그런 식의 애정표현을 내게 했지만 이번은 왠지 놀림을 당하고 있다는 생각이 들었다. 거기다 입까지 벌쭉거리며 웃는 것이 아닌가. 내일모레면 나도 쉰 살인데 어린아이 대하듯 하는 게 오늘 따라 마뜩찮았다. 나는 언니의 손을 뿌리치며 장난 그만하라고 핀잔을 줬다.

"이거 정말 냉이 맞어? 냉이가 뭐 이래. 잎은 짧고 뿌리만 굵고 길잖어."

언니는 웃음을 멈추며 말했다.

"얘, 황새냉이는 이렇게 생겼어. 우리가 알고 있는 냉이보다 잎 길이가 짧고 색깔도 갈색에 가까워. 근데 맛은 정말 끝내준다, 너?"

이쯤 되면 놀리는 것이 아니다. 나는 성급히 냉이를 언니 앞에 모두 쏟았다. 아까는 안 나던 향이 옅게 스쳤다.

모양을 자세히 보니 재미있었다. 잎은 500원짜리 동전 크기만큼 펼쳐졌는데 뿌리는 무려 2,30센티는 족히 돼 보였다. 몇몇 굵기가 굵은 것은 웬만한 도라지 2,3년생에 가깝다.

"한 끼 반찬은 되겠는 걸? 나물 좋아하는 건 여전하네."

언니는 내가 봄마다 산과 들로 나물 캐러 다니는 걸 신기해 했다. 내가 따다준 두릅으로 언니가 호사하는 날도 많았다. 나는 어려서부터 나물 캐는 걸 좋아했다. 어머니는 쑥을 뜯으면 쑥떡을 해주었고 달래를 캐면 그것으로 무침이나 양념장을 만들어 상에 올렸다. 고들빼기나 씀바귀는 김치를 만들어 먹기도 했지만 어린 내가 캐는 나물이라야 데쳐놓으면 겨우 한 주먹 정도였으니 고작 한 끼 나물반찬도 될까 말까였다.

집으로 돌아와 흐르는 물에 냉이를 씻었다. 다른 나물과 달리 냉이는 구석구석 잘 씻어내야 한다. 수돗물에 붉은 흙이 씻겨나가니 곧 뽀얀 살결이 드러났다. 보드라운 살결을 조심스레 문지르며 레인지에 올려놓은 물이 끓기를 기다렸다. 물이 끓자 길쭉하게 잘 뻗은 냉이 뿌리를 한 움큼 집어 통째로 넣었다. 빳빳한 기운이 솥 밖으로 뻗는다. 나무젓가락으로 조심스럽게 여며 넣었다. 맑았던 물이 냉이가 익어감에 따라 검게 변했다. 드디어 제대로 된 냉이 향이 났다. 이제야 냉이는 몸을 떨며 향기를 털어내는 것만 같았다. 한 번 뒤집어 놓고 잠시 기다렸다가 꺼내 미리 받아 놓은 찬물에 담갔다.

소쿠리에 받쳐 물을 빼고 양념장을 만들었다. 나는 나물은 주로 된장으로 무치지만 오늘은 고추장을 꺼냈다. 빨간 고추장에 냉이의 새뽀얀 살을 버무리고 싶었다. 들기름과 깨소금, 고추장이 양념의 전부다. 이것을 한데 섞어 양념장을 만든 후 물기를 짜낸 냉이를 볼에 넣고 함께 버무렸다. 냉이 향이 날아갈까 들기름을 조금 넣은 것은 정말 잘한 일이다.

흰 바탕에 자잘한 빨간 꽃이 무리지어 핀 둥근 접시에 황새냉이무침을 담았다. 식탁에 올라온 냉이무침이 화사하다. 고추장을 넣어 붉은 기가 감도는 냉이무침은 다른 반찬이 필요 없다. 미리 쌀밥을 해뒀다. 잡곡밥보다는 쌀밥이 더 봄나물과 어울릴 성싶어서였다.

마음이 설렜다. 이 훌륭한 식사를 나 혼자 해야 한다는 것이 아쉬웠다. 친구라도 한 명 부를 걸 그랬나. 마주앉아 봄나물에 대한 이야기도 나누며 다음에는 냉이가 많다는 홍덕사 부근으로 함께 캐러 가자하고, 곧 두릅이 나오니까 두릅도 따서 나눠 먹자는 약속도 하고 싶은데 그럴 만한 친구가 없다. 혼자 살기에 익숙해져버린 탓인가, 외로운 것도 모르고 혼자이면서도 여럿인 듯 살아온 탓인가.

왼손으로 밥 한 술을 떴다. 밥알이 입안에서 녹는다. 나무젓가락으로 나물을 집어 든다. 향이 코끝으로 전해진다. 밥상에 앉아 이렇게 기분 좋아보기도 드문 일이다. 나는 한 입 가득 봄을 머금었다. 입안에 가득한 밥알과 냉이무침의 조화가 새롭게 느껴진다. 들기름 향이 냉이의 향을 돋우며 간간이 매콤한 고추장의 맛을 다독여준다. 톡톡 터지는 깨소금이야말로 봄나물을 씹는데 심심치 않은 조연 역할을 한다.

왜 언니가 황새냉이를 두고 봄의 영양덩어리라고 했는지 이제야 알 것 같다. 냉이의 효능이야 어찌 되었든 벌써부터 기운이 솟는 기분이다. 실제로 황새냉이는 인삼이나 산삼의 효능에 버금간다고 하니 오늘 나는 산삼나물 한 접시를 혼자서 먹은 셈이다.

도감을 찾아보았다. 뿌리부터 잎, 꽃까지 부분별로 찍어 놓은 사진이 반갑다. 뭔지도 모르고 냉이를 닮았다는 이유로 무턱대고 캐온 황새냉이, 그 새로운 존재에 놀라고 그 맛에 다시 한 번 놀란다. 도감에는 그의 꽃말이 '그대에게 바친다'라고 되어 있다. 이런 호사가 또 어디 있겠는가. 나를 위해 그대를 바친다 하지 않는가. 보잘것없는 나를 위해 온몸을 바친 황새냉이에 경의를 표하는 바이다. 서툰 솜씨로 어설프게 캐느라고 뿌리가 끊긴 이들에게는 심심한 조의를 표한다.

찔레꽃 필 무렵

그의 집과 우리 집은 5,60미터 가량 떨어져 있다. 우리 집 대청에 올라서서 보면 그의 집 마당이 보이고 나의 다락방에서는 그의 공부방이 보였다. 그는 밤을 잊은 듯 공부를 했다. 같은 학교 1년 선배이고 공부를 꽤 잘하는 편에 속했다. 그를 좋아한 나는 그와 학교를 같이 다니고 싶어 중학교 때부터 열심히 공부했고 덕분에 그가 다니는 고등학교에 진학할 수 있었다. 하지만 거기까지였다. 그는 곧 내 관심 밖으로 물러났다.

고등학교 1학년 초여름 때다. 하교 길에서 그는 내 손에 편지 한 통을 쥐어주며 집에 가서 뜯어보라고 했다. 평소 말이 없고 못 생겼지만 공부를 잘한다는 이유로 호감이 간 그였기에 잠시 가슴이 설렜다. 편지 내용이 무엇보다도 궁금했다. 집까지는 한참을 걸어야 하는데 참을 수가 없었다. 그가 사라지면 그 자리에서 펼쳐볼 참이었다. 그러려면 그와 거리를 두고 걸어야 했다. 거리가 벌어지고 나면 쪽지를 펼쳐 볼 생각에 그와의 간격을 두고 느리게 걸었다. 그러나 그가 저만치 서서 나를 기다렸다. 그의 눈은 집에 가서 보라니까, 라고 말하는 것 같았다. 부끄러웠다. 궁금했지만 참았다.

편지를 들고 다락방으로 곧장 올라갔다. 저녁밥 먹는 것도 건너뛰었다. 다른 생각이 들어오지 않았다. 오직 편지가 궁금했다. 봉해진 봉투를 가위로 여니, 그 안에 또 다른 작은 봉투가 들어 있었다. 서둘러 그것을 열었다.

'친애하는 아무개에게'로 시작된 편지는 내게 보낸 편지가 아니었다. 편지를 읽으며 가슴이 쿵쾅거렸다. 그것은 내 남자친구가 다른 여학생에게 보내는 편지를 몰래 훔쳐보는 기분이었다. 내용에는 그의 애절함이 가득 담겼다. 간간이 '사랑'이란 말도 양념처럼 들어 있었다. 얼굴이 뜨거웠다. 숙맥일 것 같았던 그가 연애에는 능통한 사람처럼 아주 자연스럽게 편지를 이어갔다. 편지의 내용은 도입 부분을 제외한 대부분이 용서를 비는 것이었다. 그녀에게 무슨 큰 잘못을 했기에 이렇듯 절절 매며 매달려야 하는지 그가 모자라 보였다. 아무리 잘못을 했다 해도 이렇게 자신을 무참히 무너뜨리면서까지 용서를 빌어야 했을까. 실망스러웠다. 내가 아는 그는 무슨 일이 있어도 끝까지 멋있어야 했다. 아무리 자기가 사모하는 여인이라고 해도 무릎을 꿇으며까지 용서를 빌어서는 안 되었다.

편지를 다른 봉투에 넣고 서둘러 봉했다. 뜯었던 겉봉을 구겨 쓰레기통에 넣으려는데 봉투 안에서 뭔가 잡혔다. 작게 접은 메모였다. '2학년 5반 아무개에게 전해주렴'이라는 딱 한 줄의 글이었다. 그러면 그렇지. 나는 못 볼 것을 본 것이다. 아니, 보지 말아야 할 것을 보고야 만 것이다. 홧홧한 기운이 온몸을 감쌌다. 애써 마음을 가다듬었다.

이른 잠을 청했지만 쉬이 오지 않았다. 창문을 열었다. 여전히 그의 방에는 불이 켜져 있었다. 나는 가로로 누워서 그의 방을 한참 동안 바라봤다. 서늘한 바람이 불었다. 달콤한 꽃향기가 몰려왔다. 하늘엔 별이 촘촘히 떠 있었다. 내 한숨소리에 금방이라도 그 많은 별들이 후두둑, 떨어질 것만 같았다. 다락방 아래는 마늘밭이다. 마늘밭 가에 감나무 한 그루가 서 있고 옆에 찔레넝쿨이 언덕 쪽으로 늘어져 있다. 하늘에 촘촘하게 떠 있던 별들이 어느새 나의 한숨소리에 놀라 우수수 떨어져 꽃을 피운 것일까. 달빛을 받은 찔레꽃이 하얗게 무더기로 피어 있었다.

나는 누운 채로 고백도 못한 그에게 이별을 선고했다. 내가 좋아한 줄도 모르는 그는 나의 이별 통보도 눈치채지 못한 채 바보같이 책상 앞에 앉아만 있다. 멍청한 사람. 얼마나 멍청하면 자기를 몇 년씩 좋아하는 이웃 동생에게 연애편지를 건네는 심부름을 시킬까. 못나도 한참 못난 사람이다. 나는 그 사람이 잘 되길 빌었다. 공부를 열심히 해서 서울에 있는 명문대학에 꼭 들어가길 빌었다. 빨리 그가 이 동네를 떠나주길 간절히 빌었다.

찔레꽃이 필 때면 그 사람 생각이 난다. 작은 소녀였던 그날의 나도 떠오른다. 예나 지금이나 좋아하는 사람을 만나도 변변한 고백을 못한다. 내 마음 모두를 보이면 안 될 것 같다는 생각이 늘 고백 앞에 서 있다. 그래서 못되게 구는지도 모를 일이다. 편지를 읽은 다음부터 나는 그를 쌀쌀맞게 대했다. 더 이상 편지를 건네는 일도 하지 않았다. 그때 너를 향한 내 마음이 이렇다고 보여줬으면 어땠을까. 그렇다면 그는 내 마음을 받아줬을까. 그래서 우리는 행복했을까. 아니다. 그는 그 후로도 지금까지 이웃집 동생으로 나를 대한다. 나는 세련되지도 공부를 잘하지도 키가 크지도 않았다. 있어도 있는 것 같지 않은 내가 그의 마음에 들 리가 없다. 내 처지를 내가 너무도 잘 알기에 어린 나이였음에도 주춤거렸을 것이다.

한 동안 피어오르다가 아무도 모르게 바람에 흩날려버린 찔레꽃처럼, 한 번도 마음을 내보이지 못하고 그렇게 마음을 닫아버린 소녀.

지금도 찔레꽃을 볼 때면 그가 생각난다.

제5부
첫날

진정이 된 후 자리에서 일어나 다시 안방으로 건너갔을 때, 신부는 꼼짝 않고 고개를 숙인 채 여전히 발그레한 얼굴로 앉아 있었다. 우리는 서로 다른 첫날을 그렇게 견디고 있었다.

아버지와 두꺼비

이른 아침 친구에게서 문자 메시지가 들어왔다.

"병아리가 죽었어. 아이 일어나면 통곡할 것 같음. 어제 그 애랑 같이 집도 지어 줬는데."

먼 기억 하나가 문득 내게로 다가왔다. 일곱 살 때였다. 아버지와 함께 외가댁으로 제사 지내러 갔다. 산 밑의 외가는 멀리서 바라보면 꼭 그림 같았다. 그곳엔 두꺼비가 많았다. 나는 그때 살아 있는 두꺼비를 처음 보았다. 그림책에서나 볼 수 있었던 두꺼비를 직접 볼 수 있다는 게 신기했다.

아버지는 두꺼비 한 마리를 잡아 빈 깡통에 넣고 그 위에 두꺼운 잡지로 입구를 막아 신발장 앞에 놓았다. 밤에는 위험하다며 내일 날이 밝으면 가지고 놀라고 하셨다. 두꺼비한테는 독이 있으니 맨손으로 만지는 것은 물론, 가까이 가서 보면 좋지 않다는 당부도 잊지 않으셨다. 나는 깡통에 넣어 둔 두꺼비가 궁금했지만 아버지의 말씀을 따르기로 했다.

다음날, 눈을 뜨자마자 깡통이 놓인 신발장 앞으로 갔다. 깡통은 넘어져 있었고 두꺼비는 온 데 간 데 없었다. 어디로 갔을까.

밖으로 나가 집 주변을 샅샅이 뒤져봤지만 두꺼비는 보이지 않았다. 나는 목 놓아 울었다.

"내가 죽어도 그리 섧게 울 것이야?"

아버지가 웃으며 말씀하셨다. 나는 그땐 그게 무슨 말인지 알지 못했다. 왜 그런 소릴 하냐며 더 섧게 울었다. 한참이나 나를 달래던 아버지는 나의 울음 끝을 잡으시고는 멀리 신작로를 달리는 차를 가리켰다. 아버지의 손끝으로 뽀얗게 먼지를 날리며 달리는 차들이 이따금씩 보였다.

그 후로 여태껏 두꺼비를 보지 못했다. 볼 기회도 없었다. 조금은 심술궂고 과묵해 보이기도 했던 두꺼비의 모습이 생생하다. 하지만 오히려 아버지의 모습은 안개처럼 뿌옇다.

이제야 그때 아버지의 마음을 알 것 같은데 아버지는 아니 계신다.

봄비가 내린다. 나는 뿌연 비안개 속에서 아직도 찾아 헤매고 있다. 두꺼비를 찾으러 간 아버지의 얼굴을.

크레파스가 있는 풍경

문구점에 가면 색연필이나 파스텔, 크레파스 등 형형색색의 색깔에 먼저 눈이 간다. 요즘도 그것들이 갖고 싶으면 망설임 없이 사게 된다. 그렇다고 그것들을 다 쓰는 것은 아니다. 나는 문구가 좋다. 그 중 크레파스는 내가 좋아하는 문구다.

초등학교 1학년 때 군내 미술대회에 나갈 대표로 뽑혔다. 내가 미술에 소질이 있다는 생각은 못해 봤지만 기억을 더듬어보면 전혀 소질이 없는 것도 아니었다. 어려서부터 종이인형을 직접 그리고 그 인형에 옷을 만들어 입히곤 했다.

대회에 나가기 두어 주를 앞두고는 해 떨어지기 전에 집에 들어간 적이 별로 없었다. 학교에 남아 고학년생들과 함께 풍경도 그리고 정물도 그리며 열심히 연습하였다. 내 크레파스는 초라했다. 잘라진 것, 그것들이 돌아다니면서 묻혀 놓은 이 색도 저 색도 아닌 것, 크레파스를 감싼 종이가 아예 벗겨진 것들이 어지럽게 모여 있었다. 그리고 단골로 선택되는 색은 그 자리가 비어 있기도 한, 그야말로 있는 색으로만 그림을 그려야 하는 가난한 크레파스였다. 열두 색이 들어가야 할 자리에는 빈 곳이 많았다. 엄마께 새 것을 사달라고 졸라봤지만 언니한테 새 것 사줬으니 그것을 같이 쓰라고 말씀하셨다. 하지만 언니는 내게 가난한 크레파스를 물려주고 본인은 새 크레파스를 챙기며 아침마다 나를 단속했다.

같은 반 S도 나와 함께 대표로 나가게 되었다. 그 아이는 그림을 잘 그렸고 크레파스도 아주 좋은 것을 가지고 있었다. S의 것은 모든 것이 새 것이었고 좋아보였다. 심지어 그 아이가 입고 있는 원피스도 태안읍내에서는 구경조차 할 수 없는 멋스런 옷이었다. 볼살이 통통하고 피부까지 뽀얀 그 아이는 화첩과 크레파스만 쥐고 있어도 저절로 모델이 되었고 그대로 그림이 될 것처럼 보였다.

대회 날 아침, 담임선생님을 따라 4킬로미터쯤 떨어진 읍내의 초등학교로 걸어갔다. 교실 칠판에는 '주제 : 자유'라는 노란 글씨가 크게 분필로 쓰여 있었다. 나는 자유가 무슨 말인지 알지 못했다. 학교에서 연습한 것과 다른 것이구나 하면서 당황했다. 주위를 두리번거렸다. 모두들 쓰윽쓰윽 스케치하기에 바빴다. 나무를 그리는 아이, 꽃병을 테이블에 올려놓은 아이, 운동장에서 축구공을 발로 차는 아이, 달리기를 하는 모습 등 어쩌면 그리도 준비를 단단히 해왔는지. 그들이 부러웠다. 자유가 무엇인지는 모르겠지만 학교에서 연습한 대로 그려볼까, 아니면 저 아이들처럼 운동회나 소풍날의 모습을 그려볼까 빈 도화지만 뚫어져라 쳐다봤다. 그러다가 옆줄 앞쪽에 앉은 같은 반 S의 화첩을 보게 되었다.

S는 이미 반 이상을 그리고 색칠을 하고 있었다.

갈색 마룻바닥에 아이들이 무릎을 꿇고 걸레질을 하는 모습이었다. 복도를 지나가는 선생님의 모습도 보이고, 열린 앞문으로 키가 작은 한 아이도 서 있었다. S가 그린 청소하는 아이들은 가까이에 있는 아이는 크게, 멀리 있는 아이는 작게 하여 그야말로 원근법을 잘 활용할 줄 아는 어린 천재화가의 그림이었다. 나는 점점 자신감이 떨어졌다. 다른 아이들의 그림을 보면서 기가 죽은 것도 모자라 S의 그림 앞에서 완전이 맥이 풀려버렸다. 불안했다. 시간은 갔지만 내 그림은 한 발짝도 내딛지 못했다. 대회가 어떻게 끝났는지 기억에 없다.

평소처럼 학교생활에 젖어갔다. 게으른 나는 아침마다 몇 번씩 아버지가 깨우고, 큰 새 언니가 밥 먹으라고 몇 번 부르고, 셋째 언니가 빨리 학교 가자고 몇 번을 재촉해야 일어나서 밥을 먹고 책가방을 들었다. 3학년 언니는 나 때문에 학교에 매번 지각한다며 핀잔을 줬다. 그렇다고 언니가 나를 두고 갈 수는 없었다. 내 손을 잡고 가는 모습을 보고서야 아버지가 대문 안으로 들어가셨기 때문이다. 내가 늦으면 우리 동네 아이들이 다 늦었다. 언니를 기다리는 언니 친구들, 그들의 동생들이 마을 어귀에서 늘 서성였다. 나는 학교에 도착할 때까지 언니의 눈치를 봐야 했다. 그 가자미눈이라니.

그날도 나는 지각했다. 아침 조회가 있는 월요일이었다. 학교를 300~400미터 남겨둔 거리였을까, 조회를 준비하는 선생님의 마이크 소리가 들렸다. 우리는 누가 먼저랄 것도 없이 날아가는 화살처럼 내달렸다. 일순 우리들 주변에 먼지가 날렸다. 풀들이 춤을 추었다. 새들도 하늘 높이 솟았다.

조회가 시작되었고 교장선생님 말씀이 이어지고 있었지만 우리는 아직도 달리는 중이었다. 우리가 교문을 막 들어설 즈음, '1학년 1반 한복용, 한복용'하고 나를 부르는 소리가 들렸다. 언니는 뛰면서도 나를 눈 흘겨 쳐다봤다. 내가 무슨 큰 잘못을 한 것이리라 생각한 모양이었다. 저러다 눈이 돌아갈 판이었다. 우리는 책가방을 짊어진 채로 죄인처럼 고개를 숙이고 운동장으로 뛰었다. 우리 반을 찾아 맨 뒷줄에 섰다. 숨이 턱까지 찼다. 숨을 헐떡이며 교장선생님이 말씀하시는 앞을 봤다. 단상에 올라간 아이들이 교장선생님께서 주신 상장을 받아들고 우리를 향해 목례를 했다. 박수소리가 요란했다. 옆 친구가 작은 소리로 내게 말했다.

"야, 너도 상 탔어. 금상이랴."

"내가? 무슨 상?"

조회가 끝나고 우리는 교실로 들어갔다. 잠시 후 담임선생님께서 들어와 S와 내 이름을 불렀다. 우리는 앞으로 나갔다. 선생님께서는 이번 군내 미술대회에서 S가 최우수상을 타게 되었다며 그 아이에게 상장과 부상으로 넙적하게 포장된 선물을 주었다. 그리고 곧 내 이름을 부르더니 내게는 상장이 아닌 알밤을 주었다.

"이 녀석아, 상 받는 날까지 지각 하냐?"

아이들이 책상을 두드리며 웃었다. 나는 얼굴이 화끈거렸다. 선생님은 웃으시며 금상 받느라 수고했다며 내게 상장을 건네주셨다. 내가 상장을 받고 선생님께 인사를 하고 돌아서려 할 때였다.

"한복용, 이것도 가져가야지."

선생님께서 내민 것은 S가 받은 것과 똑같은 모양의 부상이었다. 자리에 돌아와 앉자마자 아이들이 빨리 뜯어보라며 성화였다. 선생님 얼굴을 바라봤다. 선생님은 여전히 웃고 계셨다. 고개를 끄떡하시는 것은 그리 해도 된다는 사인이었다. 상품을 뜯었다. 아, 크레파스였다. 내가 그토록 갖고 싶었던 아래위로 가득 찬 각양각색의 크레파스. 얼마 전에 언니가 새로 산 것보다 개수가 훨씬 많고 여직 만져보지도 못했던 예쁜 색이 들어 있는 크레파스. 정말 갖고 싶었지만 내 것은 아닌 줄로만 알았던 크레파스. 언니가 내 크레파스를 보면 어떤 표정을 지을까. 나는 흥분을 가라앉히며 슬그머니 뒷자리에 앉은 S를 바라보았다. 그 아이도 나처럼 기쁘겠지? 하지만 S는 포장도 풀지 않은 크레파스를 책상에 올려놓은 채 그것을 뚫어져라 쳐다보고만 있었다. 표정도 나처럼 밝지 않았다. 최고의 상을 받고 부상까지 받은 아이의 표정치고는 퍽이나 시시했다. 그 아이와 눈이 마주치자 나는 얼른 고개를 돌렸다.

사실 나는 내가 군내 미술대회에 나가 어떤 그림을 그렸는지 기억이 나지 않는다. 내가 왜 금상을 받았는지도 모르겠다. 정말로 내가 그림을 잘 그려서 상을 받았는지, 다른 아이들이 나보다도 못한 그림을 그렸던 것인지 알 수가 없다. 하지만 그런 건 궁금하지 않다. 다만 그토록 갖고 싶었던 새 크레파스를, 그것도 36가지 색이 들어 있는 크레파스를 받았던 그날의 풍경만이 선명하다. 알록달록한 색깔의 크레파스가 운동장 가득, 교실 가득 예쁜 그림을 그리고, 춤을 추고, 까르르 웃으며 날아다니는 듯했던 느낌만 기억될 뿐이다.

아직도 그 아이의 그림만은 생생하다. 자신감 넘치는 S의 성격대로 예닐곱 명의 아이들이 교실 마룻바닥에 무릎을 꿇고 걸레질을 하는 그림, 그 그림만은 40년이 지난 지금도 가끔씩 미술관에 가거나 그림책을 볼 때, 혹은 초등학교 때 기억을 뒤적일 때면 또렷하게 떠오곤 한다.

첫날

중학생이 되면서 기다리는 것이 하나 있었다. 친구 미란이가 한 달에 한 번씩 배가 아프다며 화장실에 들락거리는데, 갈 때마다 작은 주머니 하나를 챙겼다. 궁금해 하는 내게 좀 더 있으면 너도 알게 될 것이라고 했다. 또한 어른이 되기 위한 준비 과정이라고, 그것을 연습하는 것이라고 나보다 한참 나이 많은 언니처럼 굴기도 했다.

미란이 말고도 다른 친구들이 하나둘 그러는 동안 내게는 아무런 소식이 없었다. 초조했다. 나도 빨리 어른이 되는 준비를 하고 싶었다. 나는 언니의 옷장에서 생리대 한 개를 빼왔다. 내 가방에다 이것을 넣고 다니면 기다리던 것이 올 것만 같았다. 하지만 한 달이 가고 두 달이 지나도 기별이 오지 않았다. 울고 싶었다. 어쩌면 나는 저주받은 사람인지도 모른다는 생각을 하기도 했다. 언니도 친구들도 하는데 왜 나만 더딘지 처음으로 조물주를 원망했다.

어느 날 엄마가 하얀 브래지어를 내주셨다. 성장이 늦은 나는 그때까지도 젖멍울이 나오지 않았다. 거추장스럽게 그런 걸 입으라고 내주시는 엄마를 이해할 수 없었다. 빨리 기다리는 것이나 왔으면 했다.

브래지어를 하니 가슴이 답답하고 숨이 막혀 왔다. 갑갑해서 하기 싫다고 징징거리는 내게, 여자는 속옷을 제대로 갖춰 입어야 한다며 타이르셨다. 언니들도 엄마의 말씀에 한 몫 거들었다.

나는 복장이 단정하다 하여 교탁 앞으로 자주 불려나갔다. 머리 길이는 어쩌고 교복차림은 저쩌고 하며 나를 세워놓고는 뒤로 돌아봐, 자 이제 앞으로, 하면서 선생님은 친구들에게 설명을 하셨다. 하지만 나는 그런 것에는 관심이 없었다. 내가 기다리는 선물은 선생님의 칭찬과 친구들의 부러움에 가득찬 시선이 아닌 친구들에게 자랑할 수 있는 그것이 전부였다.

내 감색 가방에는 어김없이 생리대 하나가 작은 주머니 안에 담겨 있었다. 하루, 이틀, 사흘…. 날짜만 세었다. 틈만 나면 생리대를 만지작거렸다. 하도 만져 닳아서 너덜거리면 다시 새 것을 훔쳐 가방에 넣곤 했다. 나의 그런 정성도 하늘에 닿지 않았는지 중학 1학년이 끝나가도록 약속한 그것은 내게로 오지 않았다. 우울하게 겨울방학을 맞았다. 여전히 아침마다 눈을 뜨면 습관처럼 화장실로 달려갔다. 하지만 나를 놀리듯 번번이 아무런 흔적도 없었다.

그해 12월 30일은 둘째 오빠의 결혼식이었다. 예식장에서 하지 않고, 집에서 치렀다. 대사 날 아침에 울긋불긋 종이꽃을 군데군데 단 택시가 마당까지 들어와 섰다. 그 안에서 새 색시가 연지곤지를 보일 듯 말 듯 감추며 선녀처럼 나타났다. 신부는 그대로 사촌동서들의 안내를 받아 안방으로 들어갔다.

부엌에서는 연신 불을 땠고 두툼한 요가 몇 겹 쌓여 있는 안방 아랫목에는 신부가 인형처럼 앉아 있었다. 가끔씩 족두리의 장신구가 흔들렸다. 빨간 열두 폭 치마가 아랫목을 거의 차지했다. 그 위에 입은 녹색 저고리의 동정 안쪽으로 신부의 뽀얀 살결이 빛났다. 신부는 때마다 내오는 음식을 조심스럽게 먹었다. 방문 밖에서는 잔치에 오신 손님들이 기웃거리며 새 색시를 구경했다. 신부가 예쁘다느니 콧대가 저렇게 오뚝할 수 있느냐며 모두가 한 입이 되어 두런거렸다. 신부는 고개를 숙이고 가만히 있었지만 나는 참으로 부담스러웠다. 고개도 제대로 들지 못하고 입을 작게 벌려 먹는 듯 마는 듯 하는 신부가 그렇게 안쓰러울 수가 없었다. 갑자기 배가 아팠다.

엄마를 찾았다. 안마당과 바깥마당이 사람들로 술렁이고 큰 부엌과 작은 부엌에 일하는 이들로 북적이며 움직임이 저마다 분주했다. 엄마를 크게 소리 내어 불러봤지만 바쁜데 왜 엄마를 부르냐며 음식 쟁반을 든 셋째 언니가 눈총을 줬다. 빈 쟁반을 들고 다시 나타난 언니는 흘끔 나를 한 번 쳐다보고는 곧 사라졌다. 배는 점점 더 아파왔다.

오른손으로 배를 끌어안고 과방으로 올라갔다. 안방을 통해 올라가는 과방은 마당과 대청 쪽으로 창이 달려 있었다. 열린 그 창을 통해 연신 음식이 든 쟁반이 나갔다가 빈 것으로 들어왔다. 엄마는 과방에 앉아 동네 아줌마들과 무엇이 더 필요한지를 참견하고 있었다. 나는 기어서 엄마 곁으로 갔다.

"엄마, 배가 많이 아퍼."

무릎을 꿇고 엄마를 향해 배를 쑥 내밀었다. 빼빼 마른 내 배가 금세 풍선처럼 부풀어 올랐다. 엄마는 뭘 잘 못 먹고 체한 거 아니냐며, 활명수 주까? 따뜻한 방에서 누워 있으련? 했고 나는 고개를 살래살래 저었다. 엄마가 약손으로 한 번쯤 배를 쓸어주면 나을 것만 같았다. 엄마는 바쁜데 이러는 거 아니라며 내려가 있으라고 했다. 나는 급기야 울음을 터뜨리고 말았다. 동네 아줌마들은 내 울음이 어이없다는 듯 어여, 내려가거라, 다 큰 것이 뭐하는 거여, 라고 했다. 울먹이며 뒤로 돌았다. 몇 무릎을 기었을까, 엄마가 뒤에서 다급하게 불렀다. 그러고는 서둘러 언니를 불러 뭐라고 당부했다.

막내오빠가 읍내에 다녀와야겠다며 엄마를 찾았다. 준비를 충분히 했는데도 해 지기 전에 술이 동날 것 같다고 했다. 엄마는 오빠에게 읍내에 있는 누구네 집의 술을 쓰던 중이었으니 그곳으로 가라고 일렀다. 그리고는 오빠를 가까이 오게 하여 약국에 들러 생리대를 사오라고 작게 말했다. 오빠의 표정이 금세 일그러졌다.

"에이 엄마, 무슨 그런 걸…."

"뭐가 워떠서? 동상이 쓸 것인디. 그럼 누가 가나."

엄마는 미안해 하며 오빠를 얼렀다. 평소의 엄마 같지 않았다.

"지지배. 에이, 지지배."

오빠는 연신 '지지배'를 연발하며 다락에서 내려갔다. 나무 계단을 내려가면서 오빠는 나를 사나운 눈초리로 흘겨보았다.

오토바이에 시동 걸리는 소리가 요란하게 들렸다. 다락 창문으로 밖을 내다 봤다. 오빠의 오토바이가 툴툴대며 마당을 지나 농로를 가로질러 소나무숲으로 곧장 빨려 들어갔다.

언니가 가져온 옷으로 갈아입고 건넌방으로 갔다. 그 방도 여전히 손님들로 북적였다. 옆집 아주머니가 방으로 들어서는 나를 보며 어디 아프냐고 물었다. 내가 고개를 끄덕이자 아주머니는 아랫목을 내주었다. 벽장을 열어 이불을 꺼내 덮어주시며 체했나 보구나. 얼굴이 노랗다, 하셨다. 나는 이불을 끌어다 머리까지 덮어썼다.

내가 그토록 기다린 게! 이런 것이었구나. 꽃을 피운다는 것은 온전한 여자가 된다는 '징표'라는 생각에 뿌듯하면서도 한편으론 맘이 무거웠다. 마치 몸에 꼭 끼는 브래지어를 입은 것처럼 가슴이 답답했다.

진정이 된 후 자리에서 일어나 다시 안방으로 건너갔을 때, 신부는 꼼짝 않고 고개를 숙인 채 여전히 발그레한 얼굴로 앉아 있었다. 우리는 서로 다른 첫날을 그렇게 견디고 있었다.

종주

종주가 초등학교 4학년이던 어느 가을 밤, 종주네 집안이 발칵 뒤집혔다. 잠시 후 회초리를 들고 쫓는 아버지와 그것을 피해 달아나는 아들의 발소리가 온 동네를 흔들어놓았다. 종주는 도망치면서 엉덩이를 몇 대 맞았지만 필사적으로 달아나는 통에 아버지는 숨을 헐떡이며 그만 자리에 주저앉고 말았다. 아버지는 종주가 달아난 골목 모퉁이를 바라보며 소리쳤다.

"저노므 자슥. 느 당장 돌아오지 못하긋나."

종주는 늘 그랬듯이 학교에서 돌아와 두 살배기 암소를 끌고 뒷동산으로 갔다. 소는 종주를 따라갔고 종주는 소를 끌었다. 친구들이 뛰노는 마을을 벗어나 뒷동산에 오르기까지 놀고 싶은 유혹을 털어내기가 여간 힘든 일이 아니었다. 어디쯤 소를 묶어놓고 친구들과 뛰어놀고 싶었다. 심술이 날 때마다 소목에 맨 줄을 툭툭 잡아당기곤 했다. 소는 묵묵히 종주가 하는 대로 움직일 뿐이었다.

동산에 올라 풀이 많은 곳에 소를 묶었다. 얼마만큼 떨어진 풀밭에 누워서 바라본 가을 하늘은 유난히 맑고 높았다. 구름이 움직이는 대로 종주의 눈동자도 따라 움직였다. 멀리서 친구들이 재잘대며 뛰노는 소리가 가물가물 들려왔다. 그러다가 스르르 잠이 들었나 보다. 얼마를 잤을까. 얼굴을 핥으며 푸푸대는 소의 콧소리에 종주는 잠에서 깼다. 동네 어디쯤에선가 친구들이 뛰노는 소리가 다시 들렸다. 해는 아직도 산에 닿지 않았다. 소는 종주를 깨우고 다시 풀을 뜯기 시작했다. 파리를 쫓는 힘찬 꼬리질이 떠드는 친구들의 목소리와 장단을 맞추는 듯했다. 종주는 소의 머리를 쓰다듬으며 속삭였다.

"나, 조금만 놀고 올게."

소는 큰 눈을 껌벅거리며 종주의 말을 가만히 듣고 있었다.

한달음에 내달린 종주는 친구들의 틈에 끼어 시간 가는 줄 모르고 놀았다. 말뚝박기도 재미있고 자치기도 신이 났다. 여자애들의 고무줄을 끊고 달아나는 일은 더더욱 재미났다. 땀이 금방 온몸을 적셨다. 까만 고무신은 찌걱거렸다. 얼굴이 확확 달아올랐지만 놀이에 열중인 우리들은 아랑곳하지 않았다.

굴뚝에서 저녁연기가 피어올랐다. 어머니들이 저녁 먹으라고 아이들을 불러들였다. 친구들은 하나둘 집으로 돌아갔다. 허기가 진 종주도 집으로 갔다. 날은 어둑해지고 있었다.

마당에 닿았을 때 된장찌개 끓는 냄새가 허기를 부추겼다. 코는 벌름거리고 입에서는 군침이 돌았다. 종주는 헐레벌떡 집안으로 뛰어 들어갔다. 꿀맛인 밥을 게 눈 감추듯 먹어 치웠다. 몸이 나른했다. 씻는 것도 잊은 채 잠에 빠져 들었다. 얼마가 지났을까. 옆에 누웠던 아버지가 등잔불을 밝혔다. 어머니가 일어났고 종주도 뒤따라 눈을 비볐다.

"이기 뭔 소리고?"

어디선가 연신 딸랑딸랑, 소리가 들렸다. 방문을 밀고 밖으로 나간 아버지는 그대로 마루에 주저앉고 말았다.

"니 와 그기 서 있노?"

아버지의 등 너머로 커다란 물체가 싸리문 밖에서 크고 느리게 움직였다. 아뿔사! 종주는 그제야 정신이 번쩍 들었다. 노는 데 정신 팔려 소를 데리고 오는 걸 잊었던 것이다. 종주는 아버지 눈치를 살피며 속으로 중얼거렸다.

"이제 나는 죽었다. 그런데 어찌 된 일이고? 거가 어디라고 혼자서 집을 찾아온 거고? 줄은 어떻게 끊고?"

도무지 이해가 안 되었다.

암소는 문을 열어달라고 워낭을 자꾸 흔들었다. 아버지는 맨발로 뛰어나가 소를 외양간으로 들였다. 그게 밤 10시경이었다.

소도둑이 들끓던 시절, 밤길을 헤쳐 용케도 멀쩡히 찾아와준 소가 아버지는 기특했다. 하지만 아들이 노는 데 정신 팔려 소를 잃을 뻔했던 일은 쉽게 용서가 되지 않았다.

"니 증말 그기 못 스겄나!"

그는 아직도 아버지의 회초리를 피해 달아나는 그때의 초등학교 4학년 소년이었다.

"아, 짐승들이 지 집을 찾아오는 기 어찌나 신기하던지…."

종주 씨는 환갑을 바라본다. 아들 둘을 멀리 유학 보내고 부인과 단둘이 살고 있다. 일손을 놓은 지 몇 해가 지났다. 마땅히 할 일이 없어 운동을 하고 친구도 만나면서 소일하지만 자식들이 생각날 때는 그리움을 무엇으로도 대신할 수 없다고 한다. 그는 가끔 우리 화원에 들러 이런저런 이야기를 나누다 간다.

그가 뿜어내는 담배연기와 그 연기를 따라 움직이는 흐려진 그의 눈빛은, 다시는 돌아갈 수 없는 추억이다. 종주 씨는 피우던 담배를 비벼 끄고는 한참 동안 멍하니 창밖을 바라보았다. 담배연기 속에 숨은 그 시절에서 그는 아직 빠져나오지 못했나 보다.

한 번
보자

그는 호탕하게 한참을 웃었다.

2010년 연말에 전화를 한 L은 새해에도 몸 건강히 잘 지내라는 의례적인 인사를 했다. 고맙다며 내년에는 꼭 한 번 보자는 나의 말에 그가 웃은 것이다. 한 번 보자고 한 게 벌써 몇 번이고 몇 해째인가. 나는 그에게 양치기 소녀가 되고 말았다.

중학교 3학년 겨울방학 때, 집으로 놀러온 친구와 아랫목에 엎드려 소설책을 보다가 그녀의 제안으로 내기를 하게 되었다. 펜팔을 해보자는 것이었는데, 답장이 빨리 오는 사람에게 호빵을 사주자며 책꽂이에서 가져온 대중가요 책을 펼쳤다. 노래책 뒷면에는 주소와 이름이 두 장 넘게 빼곡히 적혀 있었다. 그녀는 전라도 어딘가의 학생에게, 나는 부산의 S라는 남학생에게 편지를 썼다. 겨울방학이 끝나갈 무렵, 굵고 힘찬 글씨의 낯선 편지 한 통이 날아왔다. S는 그 동안 여러 사람에게서 받은 편지를 친구들에게 보여줬고 S의 친구 L은 그 중 내 편지가 맘에 들어 꺼내들었다고 한다. 충청도 여학생에 대한 신비감에 끌려 편지를 쓰노라며 S가 아니어도 실망하지 않았으면 좋겠다고 예의를 갖췄다. 친구는 나보다 보름쯤 지나 편지를 받았다. 나는 단팥이 듬뿍 든 호빵을 얻어먹었다.

같은 학년인 L과 나는 잊을 만하면 한 번씩 편지를 주고받았다. 공부 열심히 하자, 학교생활은 어떠냐, 취미와 혈액형은 어찌되느냐는 등의 내용이 전부였다. 그는 운동을 좋아한다고 했고, 그 중 유도를 하는데 열심히 해서 국가대표 선수가 되는 게 꿈이라고 했다. 또한 부모님은 과수원과 방앗간을 운영하고 자기 아래로 여동생과 남동생이 있다고 했다.

그에 비해 나는 특별히 내세울 만한 게 없었다. 집안도 비교조차 되지 않았다. 장래희망이 소설가였지만 소설을 어떻게 쓰는지도 모를 때였고, 취미도 한참을 생각해봐야 이것인가 할 정도였다. 그는 내가 인문계 고등학교에 들어가니 꽤나 공부를 잘해서 그 학교에 간 줄 알고 있었다. 나는 그가 믿는 만큼 공부를 잘하는 학생이 아니었다.

고등학교 1학년 여름방학 어느 날 해질 무렵이었다. 그는 아무런 연락도 없이 태안에 도착해 방학을 이용해 여행을 다니는 중이라고 전화를 해왔다. 나에게 여행이라는 것은 생소한 단어였다. 기껏해야 집과는 다른 방향의 버스를 타고 종점까지 갔다가 다시 돌아오는 것, 자전거 타고 태안시내를 벗어나는 것이 여행이라면 여행이었던 내게 그의 여행은 유럽 어디쯤을 배낭 하나 메고 거니는 것만큼이나 대단하게 느껴졌다.

자전거를 타고 터미널 대합실에 도착해 두리번거리고 있을 때, 그가 자기 덩치보다 큰 배낭을 메고 손을 흔들며 다가왔다. 서로 사진을 주고받아서 얼굴을 알고는 있었지만 실제로 보니 퍽 낯설었다. 운동선수라 그런지 내가 상상했던 것보다 몸이 크고, 키도 180센티미터는 족히 넘어 보였다. 그를 보자 죄를 지은 양 가슴이 뛰고 머릿속이 혼란스러웠다. 인사도 하는 둥 마는 둥 자전거 손잡이를 잡고 그 자리에 멈춰서 있었다. 그는 건너편 다방에 가서 얘기 좀 하자고 했다. 나는 학생이 무슨 다방 출입이냐며 펄쩍 뛰었다. 그러면 어디로 갈 것이냐고 물어왔지만 태안바닥에 고등학생이 갈 만한 곳도 딱히 없었다. 우린 대합실 의자에 마주앉아 서로의 발등만 쳐다봤다.

얼마나 시간이 지났을까. 누군가 내 등을 툭 쳤다. 서산에서 직장에 다니는 외사촌 오빠였다. 왜 여기 있냐며 곧 어두워질 텐데 집에는 안 가느냐고 했다. 그리고는 옆의 남학생을 바라보며 이 학생은 누구냐고 물었다. 구세주를 만난 듯 반가웠다. 그는 씩씩하게 자기를 소개했고, 두 사람은 악수를 나눴다. 나는 빨리 집에 들어가 봐야 한다고, 저 친구 가는 거 보고 와달라고 오빠에게 도움을 청했다. 말도 안 되는 소리임을 알고 있었지만 달리 어떻게 해볼 도리가 없었다. 오빠는 무슨 뚱딴지같은 소리냐며 L과 나를 번갈아 바라봤다.

당장이라도 그 자릴 뜨지 않으면 숨통이 막혀 죽을 것만 같았다. 잘 가, 라고 짧은 인사를 남긴 후 도망치듯 대합실을 빠져나와 자전거에 몸을 실었다. 집에 돌아와서도 저녁밥을 먹는 둥 마는 둥 했다. 죄 지은 사람처럼 불안했다. 동생이 어디 아프냐고 물었지만 귀찮아 대답을 하지 않았다. 차츰 안정이 되자 그에게 미안한 생각이 들었다.

밤 8시쯤 지났을까? 외사촌 오빠가 내 이름을 부르며 대문을 밀고 들어섰다. 한 동네에 살지만 오빠가 늦은 시간에 우리 집에 오는 건 드문 일이었다. 나는 재빨리 오빠에게 다가가 그 사람 잘 갔냐고, 어느 쪽으로 가는 버스를 탔느냐고 소리를 낮춰 물었다. 오빠가 웃으면서 말했다.

"그 학생 지금 마당에 와 있다. 여기까지 왔는데 고작 반 시간도 같이 안 있었다며 아쉬워하기에 오빠가 데리고 왔어. 우리 집에서 저녁은 먹었으니 니가 간식거리라도 좀 내 와라."

데리고 들어오겠다며 일어서는 오빠의 팔을 잡고 소리죽여 울었다. 언젠가 어떤 남학생이 한 학년 아래인 내 동생이 예쁘다며 쫓아온 적이 있었다. 동생은 얼굴도 예쁘고 또래 아이들보다 키도 컸으며 늘씬했다. 마당가에 서서 지켜보시던 아버지는 대빗자루를 들고 그 남학생에게 역정을 내셨다. 어디서 배워먹은 버르장머리로 벌써부터 여학생 뒤꽁무니를 따라다니느냐는 것이었다. 동생은 쏜살같이 집안으로 뛰어들었고 동생을 쫓아온 남학생은 마당가에 서서 한참 동안 아버지의 따끔한 훈계를 듣고서야 발길을 돌렸다. 그때 생각이 나 발만 동동 구르며 오빠한테 애원하다시피 매달렸다. 안방에 계신 아버지 아시면 큰일난다고, 조금 있으면 막차로 엄마도 오실 텐데 마중도 나가봐야 한다고, 어쨌거나 그 남학생을 집 안으로 들이면 나는 죽는다고 사색이 다 되어 말했다. 오빠는 난처해하며 일어났다. 그날 밤 나는 연신 쿵쾅대는 가슴을 끌어안고 신열에 시달리며 꼬박 밤을 지새웠다. 눈을 뜨면 가끔씩 유리 창문 너머로 별이 출렁거렸다.

여름방학이 끝나갈 무렵 그에게서 편지가 왔다. 덕분에 외삼촌댁에서 융숭한 대접을 받고 근처의 해수욕장에서 텐트 치고 일주일쯤 지내다가 돌아갔다는 내용이었다. 먼 데서 온 손님을 그런 식으로 보냈다는 죄책감이 못내 가슴에 남아 한 동안 답장도 못했다. 쉽사리 미안함이 사라지지 않았다.

몇 년이 지나 대학을 졸업한 그가 군대를 간다며 언니와 자취를 하는 서울 성내동에 찾아왔을 때에도 셋째 언니가 대신 만났다. 그 후로 몇 번의 편지가 오가다가 끊겼다. 그리고 10년쯤 지나 기억나는 주소로 편지를 보냈다. 새로운 나의 연락처와 근황을 적어 보냈던 것 같다. 한 달이 지나도 답장이 없었다. 내가 기억하고 있던 주소가 틀렸거나 이사를 간 것이라고 체념하고 있을 때, 그의 아내라며 한 통의 시외전화가 걸려왔다. 그녀는 나를 잘 안다고 했다. 당당한 목소리로 자기 남편한테 어떤 연락도 하지 말아달라는 말을 남기고, 대답할 틈도 주지 않은 채 전화를 끊었다.

어떻게 알았는지 몇 주 후 그에게서 전화가 왔다. 나는 그에게 그의 처와 있었던 일을 말하지 않았다. 같은 여자로서 그녀의 자존심을 지켜 주고 싶었다. 예전처럼 편지를 주고받는 일은 없어졌지만 지금도 일 년에 두서너 번은 전화로 안부를 묻곤 한다.

그는 껄껄대며 말했다.

"한 번 보자고 말만 하고 지내는 것도 괜찮다. 그치? 그렇게 되면 언젠가는 만날 날도 오겠지. 우정이나 변치 말자."

우정이라? 우정, 그거 좋은 말이다.

L은 수년째 서리가 내리고 나면 고향 특산물인 단감을 한 상자씩 보낸다. 어떤 때는 몇 차례 더 보내오기도 한다.

"우리 어머니가 나만 먹으라고 챙겨주신 건데, 니한테 인심 쓰는 거다."

맛있게 먹으라고 너스레를 떨기도 한다. 입버릇처럼 내년에는 꼭 한 번 보자, 라고 말하는 것은 어쩌면 그럴 만한 가능성이 거의 없기 때문에 마음 놓고 해보는 말일지도 모른다.

지켜질 약속만을 하고 살 수는 없다. 그런 말은 '보고 싶다'라는 말처럼 습관적으로 품고 있는 희망으로부터 오는 의례적 표현에 가까운 말일 것이다. 우리는 끝내 만나지 못하고 말지도 모른다. 거리가 멀거나 공통적으로 통하는 부분이 없어서가 아니라, 특별히 만나야 할 까닭이 없기 때문이다. 막상 만난다 해도 달리 할 말도 없다. 말 그대로 밥이나 한 번 먹고 헤어지고 말 일이다. 그럼에도 불구하고 '한 번 만나자'라는 말을 하게 되는 이유는 우리 민족의 공통적 정서가 아닌가 한다. 나도 모르게 어려서부터 그런 말인사에 길들여져 있는지도 모르겠다.

수화기를 내려놓으며 다음 해에는 한 번 볼 수 있으려나, 혼자 웃어 본다.

빨래를 삶으며

시계 초침 돌아가는 소리가 자꾸만 신경을 건드린다. 열흘 전쯤부터 통 잠을 이룰 수 없는데 그 까닭을 모르겠다. 자리에서 일어나 알루미늄 양동이에 흰 빨래를 담아 세제를 풀고 가스레인지에 불을 붙인다. 새벽 두 시가 지나고 있다.

빨래가 끓기 시작하면 불 조절을 하면서 이십 분 정도 더 삶아야 제 빛을 찾는다고 한 엄마의 말씀이 생각난다. 가난했지만 남의 눈치 안 보고 꿋꿋하게 살아오신 엄마의 얼굴이 비누거품 사이로 어른거린다.

엄마는 세탁기를 들여놓은 후에도 늘 손빨래를 하셨다. 눈으로 구석구석 확인하고 손으로 깨끗이 빨아야 한다고 했다. 빨랫줄에 걸린 옷가지들은 색깔이 제각각이었다. 그 중 속옷은 언제나 하얗게 삶아 남들이 보지 않는 뒤란의 빨랫줄에 널었다. 속옷 위에 수건을 덮기도 하고 더러는 구석진 곳에 널기도 했다. 바깥마당에 이불 홑청이라도 널어 말리는 날에는 눈이 부실 정도였다. 장대를 받쳐 한껏 높인 빨랫줄에는 구름이 널리고 나비가 쉬어갔다. 속옷이든 겉옷이든 흰 옷은 손이 많이 가게 마련인데도 엄마는 유난히 흰 옷을 좋아했다.

옷은 늘 정갈하고 깨끗하게 입어야 한다고 입버릇처럼 말씀하셨다. 무릎이나 팔꿈치가 해지기라도 하면 그 자리에 토끼나 계란과 같은 모양의 아플리케를 달아주셨다. 바느질을 끝낸 엄마는 반짇고리를 챙기며, 새 옷을 사주지 못하는 미안함 때문인지, 해진 옷을 그대로 입는 게 부끄러운 일이지 이렇게 예쁘게 꿰매 입으면 흉이 아니라고 말씀하시곤 했다.

고등학교를 졸업하고 사회생활을 하면서부터 속옷 색깔이 흰 색만 있는 게 아니라는 걸 알았지만, 그 사실을 알고도 오 년여의 세월이 흐른 후에야 색깔 있는 속옷을 입을 수 있었다. 누가 보는 것도 아닌데 자꾸만 신경이 쓰여 흰 속옷만을 고집했다. 이런 촌스러움은 우리 집 다섯 자매가 비슷했다.

사계절 한복만 입는 아버지는 여름이 되면 모시적삼을 즐겨 입으셨다. 초여름이 되면서부터 엄마의 손길이 분주해졌다. 모시는 풀을 먹이고 물기가 채 마르기 전에 서둘러 다듬이질을 해야 했다. 그런 후 가지런히 펴서 바람이 잘 통하는 곳에 널어 말렸다. 빳빳해진 모시적삼이 바람에 흔들리는 것을 보는 것만으로도 시원했다.

모시옷을 입은 아버지에게서는 광채가 났다. 가지런히 빗질을 한 머리에 중절모를 쓰고 마루를 내려와 댓돌에 놓인 하얀 고무신을 신고는 어김없이 지팡이를 찾아 들었다. 아버지만한 멋쟁이는 우리 동네에 또 없었다. 남자의 옷차림이 시원치 않으면 그의 안사람이 욕을 먹는 법이라며 아버지의 의복에 각별히 신경을 썼던 엄마의 정성 덕분이었으리라.

나는 아버지가 대문을 나설 때, 모시적삼 사이로 얼핏 얼핏 보이는 속살을 몰래 바라보곤 했다. 반소매 메리야스에 종아리까지 내려오는 속바지를 입었는데도 모시옷 속으로 비치는 살이 민망했다. 아버지는 목련나무 장사를 한 분인데, 왜 내 기억 속에는 작업복을 입은 아버지 모습은 없고 하얀 모시적삼을 입은 모습만 아른거리는지 모르겠다. 아버지는 그렇게 곱게 차려입고 어디를 다니신 걸까.

비눗물이 끓어 넘친다. 비누 냄새가 온 집안에 가득하다. 마치 좋은 향수를 뿌려 놓은 것 같다. 같은 종류의 비누지만 빨래 삶을 때의 비누 냄새는 유난히 향긋하다. 코를 벌름거리며 빨래통 앞으로 다가간다. 뚜껑을 열고 더 끓게 놓아둔다. 양손을 바꿔가며 나무젓가락으로 휘저어 자리바꿈을 해준다. 그새 하얗게 변한 빨래가 기분을 좋게 한다.

지나온 내 삶도 맘에 안 드는 곳만 골라내어 빨래를 삶듯 삶아낼 수는 없을까. 지금껏 살아오면서 시행착오로 생긴 얼룩들이 눈에 거슬린다. 내가 저지른 잘못임으로 답답할 뿐이다. 그렇다고 다시 태어날 수도 없고 이미 돌아가신 부모를 원망할 수도 없다. 옷을 정성껏 손질해 챙겨준 엄마도, 그 옷을 멋스럽게 입었던 아버지도 지금은 아니 계신다. 새처럼 재잘대던 형제자매들도 어느새 희끗희끗한 서리를 머리에 이고 부모님을 그리워하는 나이가 되었다. 영원히 함께할 것만 같았던 두 분이 눈 한 번 깜빡한 사이에 먼 곳으로 가버렸다.

엄마의 솜씨와 부지런함으로 늘 정갈한 옷을 입었던 작은 계집아이는 이제 사십 중반에 서 있다. 어머니는 남편과 자식을 위해 평생 빨래를 삶으셨다. 구겨진 빨래를 다리미로 펴고, 잠을 줄이며 구멍난 옷을 꿰맸다. 지금 나는 누구를 위해 빨래를 삶고 있나.

빨래가 끓고 있는 가스레인지를 물끄러미 바라본다. 엄마가 보고 싶다.

엄마의 장바구니와 나

경기가 좋지 않으니 장보기도 예전 같지 않다. 미리 적어온 물건만 골라 담는다. 바구니 안에 든 것은 오늘 저녁상에 낼 식재료다. 몇몇 지인을 초대해 식사를 하기로 했다. 고추장에 버무린 삼겹살을 구워 먹을 것이다. 텃밭에서 딴 상추로는 부족하다. 몇 가지 쌈과 버섯을 골라 담았다. 내가 좋아하는 토마토나 바나나는 아예 살 생각도 못했다. 시장바구니가 초라하다. 어려운 살림에도 언제나 그득했던 엄마의 장바구니가 생각난다.

엄마는 태안읍내의 시장에서 장사를 하셨다. 이른 새벽, 식사를 마치자마자 서둘러 첫차를 탔고 점심은 집에서 싸가지고 간 도시락으로 때운 후 막차를 타고 오셨다. 종일 무엇을 얼마나 팔았는지, 또는 물건을 팔고 남은 돈이 얼마나 되는지 알 수는 없지만 쉬는 날 없이 장터를 지켰다. 이제 먹고 살 만하니 그만두시라는 큰 오라버니의 만류에도 막무가내였다. 장에 안 나가면 몸이 아파서 견딜 수가 없다는 것이 엄마의 대답이었다.

동생과 나는 저녁 식사를 마치면 으레 엄마 마중을 나가는 걸로 알았다. 아버지는 내 손에 빨간 색 손전등을 쥐어주셨다. 그러면서 발 헛딛지 말고 조심히 다녀오라는 말씀을 하셨다. 세 살 아래인 일곱 살짜리 동생은 손에 땀이 날 정도로 내 손을 꼭 쥐었다. 덩치는 나보다 크면서 마음 약하기로는 갓난아이 같았다. 내가 동생보다 담이 크다는 것을 그때 알았다. 길가 숲 속에서 부스럭거리는 소리가 나면 내 품에 와락 안기는 동생을 아무렇지도 않은 양 끌어안고 몇 번인가 토닥거리다가 다시 걷곤 했다.

엄마가 타고 올 막차는 멀리 십 리쯤부터 알 수가 있다. 막차가 차부를 떠나는 시간은 정확하지는 않아도 거의 비슷했다. 집에서 출발할 때 보고 나온 괘종시계를 떠올리면 대략 알 수 있다. 눈을 감고 기사 아저씨가 버스에 시동을 거는 시간, 차부를 벗어나는 시간, 진고개를 지나 사과밭을 거쳐, 양옆으로 해송이 즐비한 도로를 빠져나와, 작은어머니댁 앞 정류장에서 차가 멈추는 시간을 가늠해본다. 콩나물시루처럼 빽빽했던 버스 안은 작은어머니댁 앞 정류장에서 많은 손님을 내려놓고서야 느슨해질 것이며 그제야 가벼워진 몸으로 쌩쌩 날 듯이 달릴 것이다. 어머니는 주섬주섬 장바구니를 챙길 것이고 강숙이네를 지날 즈음 내릴 문 쪽으로 몸을 돌려 앉을 것이다.

눈을 뜬다. 환한 불빛이 넓게 마을 야산을 밝게 비추며 우리 앞으로 다가온다. 버스가 서면 날리는 흙먼지로 사위는 흐려졌다. 잠시 눈을 감고 숨을 참았다가 먼지가 가라앉을 즈음 눈을 뜨면, 엄마는 버스 계단을 한 발씩 내딛으며 뒤뚱뒤뚱 조심스럽게 내려오신다. 마흔 중반에 뺑소니 교통사고를 당했던 다리가 또 불편한 모양이다.

"엄마~."

동생과 나는 약속이나 한 것처럼 동시에 엄마를 크게 불렀다. 동생은 혀 짧은 소리로 엄마, 엄마를 부르며 주위를 맴돌았다. 엄마는 우리를 내려다보며 빙긋이 웃었다. 좁은 길을 엄마가 앞장서 걸었다. 그 뒤로 동생이, 맨 끝에 내가 손전등을 들고 팔을 뻗어 앞쪽의 길을 비추며 조심스럽게 걸었다. 엄마를 비추는데 온 신경을 쓰다가 동생의 발뒤꿈치를 밟아서 고무신을 벗기기도 했다. 아, 내 귀여운 동생은 까르르 웃으며 내 꽃신, 하고는 작은 등을 누에처럼 구부린 채 주섬주섬 어둠 속에서 신발을 꿰신었다. 그날도 우리의 머리 위로 무수한 별이 쏟아졌다.

아버지는 토방에 불을 환하게 밝혀놓고 마당까지 나와 우리를 기다리신다. 아니, 엄마의 시장바구니를 기다리고 계신 것이다. 엄마는 아버지를 실망시키는 법이 없다. 토방에 쪼그리고 앉아 천천히 장바구니를 푼다. 바구니 한 쪽에 큰 새 언니가 좋아하는 패랭이꽃이 요구르트 뭉치에 기대어 서 있다. 영선이 할머니랑 소금 한 됫박과 바꿨다고 했다. 어느새 부엌에서 나온 새 언니가 슬며시 끼어든다. 엄마의 바구니는 내놔도 내놔도 나올 것이 더 있다. 작은 바구니 안에 그 많고 다양한 장거리가 담겨 있었는지, 엄마는 그것을 들고 오며 한 번도 쉬지 않았는데 무겁지는 않았는지, 쪼그리고 앉은 나는 엉덩이를 방아깨비처럼 아래위로 흔들며 생각에 잠긴다.

빨갛고 아이 머리만한 사과가 나왔다. 꽃게가 나오고 우럭이, 박대와 장대가 온갖 상을 찌푸리고 있어 아버지 눈을 즐겁게 한다. 우럭을 들고서는 허허, 고놈 제법 크구먼. 많이 쳐 줬겠네, 하며 흐뭇해하신다.

엄마는 나눠매기 한다며 줄을 세운다. 아버지는 엄마가 챙겨주는 사과랑 두유 등을 한아름 안고서 아이처럼 싱글벙글 웃으며 안방으로 들어가신다. 다락으로 올라가는 계단 한 편에 다른 주전부리와 함께 차곡차곡 쌓아두실 것이다. 그것이 종국에는 우리 차례가 될 것을 알면서도 아버지의 간식 창고가 마냥 부러웠다. 우리는 부엌으로 가 냉장고에 넣을 것과 엄마 밥상머리에서 먹을 것을 구별해 놓았다. 아버지는 한참 만에 마루로 나오셨다. 제법 큰 사과를 동생한테 건네시며 우리 이쁜 막내딸, 하신다. 동생은 사과를 양손으로 받아들고는 입이 함박만 해져서 엄마 겨드랑이를 파고들었다.

시장바구니를 내려다보며 어릴 적 향수에 젖는다. 유년의 추억은 고향과 같아서 생각하는 것만으로도 가슴이 아리면서 따뜻하기도 하다. 이제는 찾아가도 뵐 수 없는 부모님이지만 기억 속의 고향에서 언제든 만날 수 있으니 그나마 위안이 된다. 엄마의 품 같은 고향, 손전등 비추며 엄마와 함께 좁은 길을 걸었던 기억이 한 편의 드라마가 되어 눈앞에 펼쳐진다.

우리를 앞장섰던 엄마의 장바구니가 손전등 불빛에 흔들리는 듯하다.

한천희 뎐傳

내 고향 남산리는 충청남도 태안군에 있는 아담한 동네다. 태안시내에서 안면도 꽃지해수욕장 방면으로 십 리쯤 달리다 보면 오른쪽에 두 척의 나룻배 조형물이 보이고, 그곳을 지나면 왼편으로 자동차 한 대가 겨우 지나갈 정도의 농로가 나온다. 농로를 따라 300미터 쯤 더 가면 한옥 한 채가 보인다. 집 뒤편으로 200년이 훨씬 넘은 팽나무가 지붕을 덮고 있고 팽나무를 가운데 두고 무성하게 자란 대나무숲이 집을 아늑하게 감싸고 있다. 집 앞쪽으로는 손질이 잘된 향나무가 아치를 이루면서 집으로 들어서는 이들을 맞이한다. 향나무 그늘을 지나 대문으로 들어서면 너댓 평쯤 되는 안마당에 금잔디가 깔려 있다. 그곳이 우리 집이다.

이 집은 친정 큰오라버니, 한천희 씨가 평생 동안 가슴으로 지은 집이다. 서까래, 대들보, 장지문의 문살 등 무엇 하나 남의 손을 빌린 게 없다. 농사를 지으며 틈나는 대로 손수 지은 이 집이 한때는 인근에서 제일 멋있는 집이었다. 하지만 큰 올케는 불만이 많았다.

넓은 대청마루는 여름이면 시원해 좋기는 하지만 겨울이 되면 난방장치가 되어 있지 않아 불편하기 짝이 없다. 농번기에는 그야말로 천덕꾸러기다. 게으른 아낙네에게야 문제 될 것이 없겠지만 천성이 부지런하고 깔끔한 그녀에게는 늘 골칫거리였다. 조석으로 걸레질을 해야 하고 가끔씩 기름칠도 필요하기 때문이다. 게다가 부엌은 위로 다락을 둔 까닭에 천장이 낮아 답답하다. 그녀는 한천희 씨만 곁에 있으면 토씨 하나 안 틀린 같은 말로 구시렁대곤 했다.

"으이그, 이왕 질 거 요즘 식으루 지면 워디 덧나남? 개갈 안나."

그럴 때면 한천희 씨는 소리 없이 담배를 꺼내 물고는 앞동산을 멍하니 바라보곤 했다. 안사람의 잔소리를 듣는지 마는지 표정에 변화가 전혀 없었다.

한천희 씨는 없는 집의 팔남매 중 장남으로 태어나 초등학교만 겨우 나왔다. 아버지는 목련나무 장사를 하셨다. 일이 없을 때는 집안일을 나 몰라라 하고 친구와 어울려 팔도 유람을 즐겼다. 어머니는 바다로 나가 조개를 캐고, 고동을 따 장에 내다 팔기도 하고 밤에는 남의 집 삯바느질을 하였다. 어머니의 짐을 덜어 드리려 열일곱 나이에 동네 아저씨를 따라다니며 집 짓는 일을 배우게 되었고 그것이 직업이 되었다. 성실하고 꼼꼼한 그는 일 잘한다는 소문이 나 여기저기 일감이 끊이지 않았다. 늘어나는 땅마지기에 일이 힘든 줄도 몰랐다고 한다. 그의 나이 스물일곱에 올케를 만났다. 넉넉하지 않은 살림이었지만 비슷한 환경에서 자란 올케도 잘 견뎌나갔다. 한천희 씨는 서른이 지나서야 친구를 사귀고, 다시 몇 년 후 살림이 펴기 시작하자 술과 담배를 배웠다.

어려서부터 대가족을 부양해야 한다는 책임감에 허튼 짓 한 번 안 하고 열심히 일만 한 노년의 그에게 하늘이 무너질 일이 생겼다. 아내가 위암 판정을 받은 것이다. 평소 완벽하고 깔끔한 성격 탓에 스스로 자신을 힘들게 했던 올케는 시간가는 줄 모르고 일만 하다가 식사 때를 놓치기 일쑤였다. 그럴 때면 그녀의 식사량은 웬만한 장정들 못지않았다. 그런데도 살이 붙지 않자 동네사람들은 올케의 성질이 고약해서 그렇다고 수근거렸다. 어린 나이에 시집 와서 시부모 공양하고 네 살짜리 막내 시누이를 업어 키운 그녀에게 성질이 고약하다고 한다면 그건 억지리라.

사형선고와도 같은 의사의 진단은 우리 모두에게 절망이었다.

"내가 뭘 잘못헌겨? 나 헌티 이런 일이 생겨도 되는겨? 하필 왜 나여? 허구헌 날 식구들만 위혔어. 정내미 떨어져. 넌덜머리 나. 이럴 거였으면 넘들처럼 이쁜 옷도 사 입구 맛난 것도 맘껏 사먹으면서 놀러두 댕겼을 거여. 이게 뭐랴. 도대체 뭐허자는 거랴?"

몇 날 며칠을 울부짖는 올케를 바라보며 가족들은 아무 말도 할 수 없었다. 속으로 간절히 기도만 할 뿐이었다. 이런 결과가 식구들에게도 책임이 있는 것 같아 미안하기만 했다. 그나마 다행인 것은 조기에 발견되어 절제부위를 줄일 수 있었다는 것이다.

수술을 마치고 의식이 돌아온 올케는 당분간이라도 남산리 집을 떠나 따로 살고 싶다고 했다. 발병 원인에 시아버지도 한 몫을 했다고 여기는 듯했다. 며느리 사랑은 시아버지라고 하는데, 그녀의 시아버지는 사실 그렇지 못했다. 술을 지나치게 좋아하고 당신만 아는 특이한 노인네였다. 게다가 큰며느리한테만은 매사에 무뚝뚝하고 신경질적이었다. 그 까닭은 올케의 성姓이 기奇 씨인데 한韓 씨와는 예부터 한 뿌리라 하여 혼인을 하지 않았기 때문이었다. 그래서 혼담이 오갈 때 종중에서 반대가 심했는데도 한천희 씨는 결혼을 강행했고 그것이 아버지의 심기를 건드렸다.

한천희 씨는 남들이 손가락질을 하건 말건 팔십 노부모를 남산리에 남겨둔 채 태안시내에 급히 집을 장만한 다음 안사람을 데리고 유명하다는 곳을 찾아다니며 요양치료를 하기 시작했다. 젊어서부터 고생만 시킨 것이 죄스러워 용서를 구하려는 사람처럼 보였다. 안사람의 말을 듣고 분가를 한 한천희 씨가 다른 형제들은 영 마뜩찮았다. 그렇다고 대놓고 불만을 말하는 이는 없었다.

그의 안사람은 수술 후 5년 쯤 지나자 한천희 씨의 지극 정성과 자신의 굳건한 의지로 어느 정도 건강을 되찾았다. 하지만 그녀는 다시 남산리로 돌아오는 걸 두려워했다. 한천희 씨는 환갑이 다 된 작고 허약한 아내를 위해 주고 싶은 심정이 앞섰을 것이다.

그가 대형 트랙터로 농사일을 시작한 지 20여 년, 열심히 살아온 덕에 경제적으로 성공했다는 소리를 듣는다. 못 배운 한을 장학사업으로라도 풀어야겠다며 몇몇 뜻있는 이들과 재단을 만들어 인근의 학교에 장학금을 후원하고 있다. 그는 남산리 집에 하루에도 몇 번씩 드나든다. 농기계가 그곳에 있으니 그것을 가져다 일을 해야 하는 이유도 있겠지만, 늙은 부모님의 안부가 궁금해서다. 노부모와 함께 점심도 먹고, 식곤증이 오면 아버지 곁에 나란히 누워 낮잠도 자고, 취미로 모아온 수석을 손질하곤 한다. 일이 없을 때에도 기계 관리를 게을리 하지 않는다. 한천희 씨는 자기가 가슴으로 지은 집을 차마 떠나지는 못한 것 같다.

큰 올케의 회갑을 한 달 앞둔 어느 날, 한천희 씨의 전화를 받았다. 평생 써보지 않은 편지를 일하는 틈에 짬짬이 메모했다가 완성했다며, 틀린 곳이 있으면 좀 다듬어 줄 수 있느냐고 했다. 회갑일까지는 누구에게도 말하지 말아달라는 당부도 잊지 않았다. 예전에 이웃집 오빠의 연애편지를 몰래 읽고 학교 선배에게 대신 전했을 때처럼 벌써부터 가슴이 콩닥거렸다.

스물일곱 살에 결혼한 한천희 씨의 연애사건은 이미 우리 집안에서는 유명한 이야기이다.

어떤 내용을 썼기에 비밀로 붙여달라 하는지 궁금하기 짝이 없었다. 며칠 후 한천희 씨의 두툼한 편지가 봉투에 담겨 등기로 배달되었다. 나는 떨리는 손으로 봉투를 열었다. 이미 허락된 것이었지만 주인 몰래 뜯어보는 것처럼 가슴이 두근거렸다.

사랑하는 나의 아내, 기세순奇世順 여사께

당신께 편지를 쓰려니 가슴이 떨리고 감회가 새로워 눈물이 앞을 가리는구려. 그 동안 살아온 날들이 한 편의 영화처럼 스치고 지나가니 한 장면도 놓칠 수가 없소.

당신은 요정처럼 내게 왔습니다. 참으로 예쁘고 사랑스러웠소. 먼발치에서도 빛이 났고 그랬기에 많은 사람들 틈에서도 대뜸 당신을 알아볼 수 있었다오. 사람이 많은 서울 한복판에서도 한눈에 알아볼 수 있을 만큼 당신의 모습은 지금도 내겐 아름답습니다.

그런 당신이 내게로 와 가난한 살림살이를 이겨내느라 고생이 말이 아니었소. 약주를 좋아하는 아버지와 새벽에 나가 밤 늦게야 들어오시는 어머니를 대신해 일곱 동생을 건사했지요. 어머니는 당신을 믿고 종일 시장바닥에서 장사를 할 수 있었다고 당신에 대한 믿음을 놓지 않았어요. 나는 당신이 한없이 고맙고 또 고마웠지만 표현력이 부족하고 어딘지 모자라 제대로 고맙다는 표현을 한 적이 있었나 싶지만, 역시 기억에 없구려.

여보!

세월이 약이란 말은 진언 중에 진언이지 싶소. 우리의 첫 아이인 규일이가 어렸을 적 사고로 사경을 헤맬 때, 그때 우리는 세상이 그대로 끝나는 줄 알았잖소. 앞이 캄캄하여 아무것도 보이지도 잡히지도 않았던 그때를 생각하면 지금도 아찔합니다. 그런데 그 녀석이 건강하게 자라 결혼을 하고, 며늘아기와 더불어 학원도 멋지게 운영하고 올해 예쁜 손녀까지 우리에게 안겨줬으니 꿈만 같고 감사하다오. 우리 둘째 규성이도 장성하여 자신이 뜻하는 바를 이루기 위해 객지에서 연구에 몰두하는 걸 보면 안쓰러우면서도 기특한 마음이 큽니다.

당신을 생각하면 참으로 놀라운 점이 한둘이 아닌데, 그 중 하나가 가족에 대한 사랑이 누구보다 크다는 것입니다.

9년 전, 하늘은 뜻하지 않은 두 번째 시련을 내게 주었소. 하늘이 무너지고 땅이 갈라지는 느낌이 이런 것이구나, 느끼는 순간이었지요. 하루아침에 당신은 위암선고를 받았고 우리 가족은 사형선고와도 같은 소식을 들으며 하늘만 원망했답니다. 이러지도 저러지도 못하고 발만 동동 굴리는 내 처지가 얼마나 못나고 바보 같던지…. 남 몰래 눈물을 훔친 적이 한두 번이 아니었소. 그렇다고 부모님 앞에서 못난 모습을 보일 수도 없는 노릇이었소.

살아야겠으니 분가하자며 당신은 내게 애원했소. 연로하신 부모님을 놔두고 집을 나서야 하는 심정이 어땠는지 당신이 더 잘 알 거라는 걸 알면서도 순간 나는 부모형제에게 죄인이 된 듯 자리에서 일어날 수 없었소. 그렇다고 영영 헤어지자는 것도 아닌, 잠시만 부모님과 떨어져 지내고 싶다는 당신의 청을 나 몰라라 할 수도 없었지요. 다행히 부모님은 우리의 뜻을 선뜻 받아주셨소. 잠시 서운한 편이 낫다는 결론을 내리고 우리는 짐을 쌌습니다.

태안시내에 살림을 내고 당신은 외로운 투병을 시작했어요. 모르는 이들은 당신이 호강한 줄 알았을 것입니다. 착한 남편이 아픈 아내를 건사하기 위해 부모를 놔두고 태안에 집을 얻어 병수발에 온 정성을 쏟는다는 말도 나돌았을 거예요. 그 점이 나는 가슴이 아픕니다. 한 번도 내 손으로 당신에게 밥을 지어준 적이 없으니 염치가 없어도 여간 없는 게 아니오. 아픈 몸으로 손수 음식을 만들어 먹으며 살려고 발버둥치는 당신의 뒷모습을 보면서 나는 소리 없이 눈물만 흘렸다오. 무엇을 도와줘야 할지도 몰랐고 알았다 한들 밀려들어오는 일감을 놓을 수 없으니 그리할 형편도 못 되었어요. 아픈 당신을 캄캄한 방에 놔두고 일터로 향하는 날이면 내 어깨는 당신의 몸을 괴롭혔던 암덩어리보다 몇 배의 크기로 무겁게 짓눌렀답니다.

나는 이렇듯 모든 면에서 당신에게 미지근하고 우유부단한 남정네에 불과했소. 그 점이 당신은 맘에 안 들었을 것이오. 하지만 모든 장남들이 그러하듯이 내 주장을 대놓고 외칠 수도 없었고, 무턱대고 내려놓지도 못하겠더군요. 이 점은 동생들에게도 마찬가지로 미안한 부분입니다.

답답하고 못난 남편을 만나 가슴만 치고 살았을 당신을 생각하면 지금도 죄스러움이 앞서지만 그래도 당신의 너그러움으로 오늘 이 좋은 날을 맞이하게 되었으니 감사한 마음 어찌 말로 다 전할 수가 없구려.

우리 팔남매, 당신의 희생과 사랑이 없었다면 이 자리에 이렇듯 행복한 얼굴로 당신의 회갑을 축복하기 위해 함께 하지 못했을 겁니다. 부모님을 대신해 조목조목 동생들을 챙기는 당신의 살뜰한 손길을 내가 어찌 모른다 하겠소. 여동생들은 하나같이 큰 새 언니께 잘하라고 귀에 딱지가 앉도록 잔소리를 한답니다.

오늘, 태어나 처음으로 당신께 편지를 쓰면서 공치사라는 걸 원 없이 해봅니다. 팔불출이라고 흉을 봐도 좋소.

부부의 연을 맺을 때 백년가약을 맺는다고 하지요. 검은머리 파뿌리 되도록 기쁠 때나 아플 때나 한 마음 한 뜻으로 서로를 아끼고 사랑하라고 주례는 한 소리로 말하곤 합디다. 생각하고 말 것도 없이 우리는 그 약속을 지킨 듯합니다. 내 머리는 희다 못해 정수리 부분이 다 빠지고 없잖소. 당신도 염색약이 아니라면 흰 머리를 바람에 날리고 있을 테지요.

세상 참 좋아졌어요. 원하는 것은 모두 이루어지고, 뜻하기만 하면 나 같은 사람도 멋쟁이가 될 수 있는 세상이 되었으니 말입니다. 우리가 가난에 허덕일 때 이런 날이 올 거라는 생각은 꿈에도 하지 못했잖소. 그저 우리 식구 목구멍에 풀칠이나 하면 그만이라고 생각하며 하루하루를 열심히 살았을 뿐이지요. 그야말로 앞만 보고 달려왔다는 말이 맞을 것입니다.

여보, 기세순 여사!

우리는 가을의 문턱을 지나 겨울을 함께 맞이하고 있소. 이제 나란히 손잡고 산책도 하며 맛있는 것도 먹으러 다닙시다. 우리가 언제 여유 있게 그래본 적 있었소? 이것이 걸리지 않으면 저것이 걸리고, 저것이 괜찮으면 이것이 걸려서 뭐하나 맘 편히 한 적이 없었잖소. 이제는 하고 싶은 거 다 해봅시다. 나도 슬슬 일을 줄이고 당신만 바라보겠소. 우리 첫 손녀 세인이 재롱 보며 나머지 날들을 즐기고 싶소. 우리 규성이도 좋은 처자 만나 결혼하고 아이 낳는 거 보고. 생각만으로도 즐겁지 않소?

당신과 한평생 함께 할 수 있어서 다행이오. 서로 등 다독여주며 참 멀리도 왔소. 부족한 나를 잘 참아주고 견뎌줬기에 가능한 일이었소. 우리가 가야 할 길이 얼마나 남았는지 모르겠으나, 나는 당신과 우리 가족을 위해 끝까지 최선을 다할 생각입니다. 당신도 내 생각과 같을 것이라 믿소. 사랑하오. 그리고 고맙소.

이 세상 다 할 때까지 이 마음 변치 않을 것이오.

회갑 축하하오.

당신의 환갑을 축하하며

사랑하는 남편 천희 올림.

편지는 큰오라버니 한천희 씨가 보낸 그대로다. 편지의 내용이 그의 마음으로 가득 찬 듯하여 감히 손을 댈 수가 없었다. 편지를 읽으면서 친정의 가족사를 돌아보는 것 같아 마음 한 켠이 시려왔다.

배필을 맞아 평생 해로한다는 것은 축복이 아닐 수 없다. 함께 살면서 어찌 좋은 일만 있을 수 있겠는가? 궂은 일 좋은 일 함께 겪으며 나란히 석양을 바라보는 고향의 두 분을 떠올려 본다. 더도 덜도 말고 이들처럼만 산들 어떠랴. 조금 부족하고 조금 모자라도 서로 등 다독여주며 끝까지 같은 길을 가는 두 분의 모습이 아름답다.

올케의 칠순 때도 팔순 때도 오빠의 편지가 내게 먼저 전해지길 기대해 본다. 아니, 어쩌면 그때는 큰 올케의 답장이 전해질지도 모를 일이다.

제6부

마흔일곱에 꿈꾸는 이층집

나는 꿈을 접지 않았다. 마흔을 훌쩍 넘겨 어렵게 꾼 꿈인데 쉬이 접기는 억울하다. 무엇보다도 이층집은 내가 갖고 싶었던 집이고 그 이층집에 꽃과 커피 향을 채우고 싶은 마음이 간절하다. 못 이룰 일도 아니다. 못 이룰 까닭이 무엇인가.

들꽃 한 다발

모처럼 부모님 산소를 한 바퀴 돌아보았다. 잡초 하나 찾아볼 수가 없었다. 둘째 오빠가 매일 출근하기 전에 손질을 하기 때문이었다. 먼저 다녀간 언니들이 술을 부었는지 바람이 잔디를 흔들 때마다 소주 냄새가 풍겨왔다. 봉분을 뒤로 하고 앉아 멀리 앞산을 바라봤다. 왼쪽으로 간척지가 넓게 펼쳐져 있고, 오른쪽으로는 동산과 동산 사이로 해수욕장으로 향하는 도로가 시원하게 뚫렸다. 몽산포, 청포대, 안면도의 꽃지 등으로 가는 길이다. 바닷물이 닿는 곳이면 여지없이 개발이 되어 관광객들로 붐볐다. 간척지와 도로 가운데로 산을 이고 있는 듯한 건넛마을이 보였다.

아버지께서 돌아가시기 십여 년 전쯤 둘째 오빠와 산책 삼아 뒷동산을 거닐던 적이 있었다. 지금의 산소자리에 이르자 지팡이로 가리키며 나중에 이곳에 묻어달라고 하셨다 한다. 아버지의 당부를 명심한 둘째 오빠 덕분에 산소를 쉽게 쓸 수 있었다. 아버지가 돌아가신 이듬해에 어머니도 아버지 곁으로 가셨다.

멀리 서쪽에서 저녁 안개가 피어오르고 있었다. 황혼과 어우러져 그 빛깔이 오묘했다. 하지夏至가 내일인데도 서늘한 기운과 함께 팔뚝에는 소름이 돋았다. 자주 올 수 있을 줄 알았지만 그게 잘 안 되었다. 살아계실 때도 그러더니 지금도 별반 다를 게 없다. 어떡하면 부모님을 기쁘게 해드릴지 고민만 하다가 두 분을 떠나보내고 말았다. 부모님에 대한 그리움이 차올랐다. 산비둘기 울음소리에 덩달아 울고 말았다.

저벅저벅 걸음을 옮겨놓는 소리가 들려왔다. 서둘러 눈물을 닦았다.

"거기, 용이냐? 오라비가 우리 용이 주려고 꽃 꺾어왔다."

둘째 오빠의 가슴에는 한 아름 들꽃이 안겨져 있었다. 보라색, 노랑색, 분홍색의 조화가 노을빛에 섞여 더욱 보기에 좋았다. 어스름 속에서 본 오빠의 얼굴은 꽃빛 때문에 더더욱 검게 보였다. 나는 오빠가 건네는 꽃을 받아 들었다.

둘째 오빠는 전기기술자다. 우리 집이 한창 가난할 적에 사우디아라비아에 몇 년씩 돈벌이를 갔다. 당시 오빠가 보내온 사진 중에는 내가 마치 철탑을 타고 있는 것처럼 아슬아슬해 보이는 것도 있다. 검게 그을린 피부, 어깨까지 기른 곱슬머리, 두 팔을 추켜세우고 근육을 자랑하는 장난기 섞인 얼굴이 언제나 같은 표정으로 나를 바라본다. 녹음테

이프에 부모님에 대한 그리움을 편지와 노래로 담아 일 년에 두세 번 우편으로 보내오기도 했다. 우리 가족 모두는 오빠의 익살끼 가득한 목소리와 노래를 들으며 웃다가 울다가 했다. 하루는 우리도 녹음기를 틀어놓고 돌아가면서 목소리를 담았다. 아버지는 헛기침을 하시며 슬며시 밖으로 나가셨다. 눈물을 보이면 안 된다던 엄마는 잘 참는가 싶더니 결국은 노래 한 소절도 끝내지 못하고 통곡을 하고 마셨다.

둘째 오빠의 몇 년간의 외국생활이 끝나자 살림이 폈다. 큰 오빠의 땅을 사는데 보탬이 되었다는 이야기는 나중에 엄마를 통해 들었다. 근래에는 큰 오빠도 종종 그런 말씀을 한다. 동생의 도움이 없었다면 지금의 우리는 없었을 것이라고. 둘째 오빠는 허허, 하며 쑥스러운 듯 웃기만 할 뿐이다. 오빠들이 고생했던 시절 이야기를 나누며 우리 팔남매는 어느새 하나가 되곤 했다.

가난해도 형제간의 우애가 우선이라며 입버릇처럼 말씀하신 부모님의 뜻을 거스르는 일이, 두 분이 돌아가신 후 나 때문에 생겼다. 문제가 있을 때마다 좋은 게 좋은 것이라며 웃으며 넘어가는 오빠나 언니들에 반해 나는 매번 엇나갔다. 옳고 그름을 따져야 했다. 문제 해결은 안 하고 술에 술 탄 듯, 물에 물 탄 듯 두루뭉술하게 넘어가는 형제들이 맘에 들지 않았다. 따질 건 따져야 직성이 풀렸다. 모난 돌이 정 맞는다며 부모님이나 형제들로부터 여러 번 주의를 받았지만 성격인지 고집인지 비슷한 일이 일어날 때마다 나의 태도는 한 치도 변함이 없었다.

형제 일이라면 발 벗고 나서는 셋째 언니의 넘치는 오지랖이 언제나 마음에 거슬렸다. 팔남매의 사소한 문제 하나도 그냥 넘어가는 법이 없어 여간 피곤한 게 아니었다. 다른 형제들은 그것이 언니의 관심이고 사랑이라고 했다. 하지만 나는 마뜩찮았다. 급기야 내가 셋째 언니의 화를 돋우고 만 것이다. 결국 크게 부딪혔고 석 달여 연락을 안 하고 지내는 중이다.

오늘은 아버지의 두 번째 기일이다. 모두들 제사를 지내기 위해 모였다. 주방에서는 제수음식 준비로 분주하고 어린 조카들은 마당에서 깔깔대며 뛰놀았다. 셋째 언니는 나와 눈이 마주칠 때마다 의식적으로 피하는 듯했다. 내가 다가가 말을 붙이려하면 필요 이상으로 신경질을 부렸다. 나 아닌 다른 식구들에게는 언제나 그래왔던 것처럼 상냥했다. 나는 어디에도 끼어들 수가 없었다. 슬그머니 빠져나와 산소로 향했다. 아버지는 무슨 말씀을 하실지, 어머니는 어떻게 나를 나무라실지 궁금했다. 내 이야기라면 모두 옳다고 하셨던 아버지, 형제간이든 이웃간이든 일단은 지는 것이 능사니라 하셨던 어머니. 두 분은 여전히 같은 말씀을 하고 계셨다.

오빠가 가만히 내 어깨를 다독여 주었다. 내가 수차례 말을 걸어도 대답조차 하지 않았던 셋째 언니를 지켜보면서 그 자리에서 나무랄 법도 했지만 아무 말도 하지 않은 오빠가 고마웠다. 무안해 하면서 슬쩍 대문 밖으로 나와 버린 나를 지켜보면서도 붙잡지 않았다. 부모님 산소로 향하는 것을 본 오빠가 나와 반대쪽 길로 올라오며 들꽃을 꺾어 왔나 보다.

"용아, 너 이거 먹어봤냐? 어렸을 적에 먹어보고 요새는 못 먹어봤지?

자, 먹어 봐라."

오빠는 덕석처럼 투박한 왼손에 오디 한 주먹을 쥐고 있었다. 오빠와 나는 나란히 산소 앞에 앉아 오디를 먹었다.

신작로에는 불을 밝힌 자동차가 쉴 새 없이 지나갔다. 들꽃을 만지작거리며 오빠의 손바닥에 남아 있는 오디를 마저 먹었다. 단물이 목구멍을 넘어가다 울컥하자 목이 메어 왔다. 흐르는 눈물을 주체할 수가 없었다. 그렇다고 오빠 가슴에 안겨 소리내어 울 수도 없었다. 슬며시 오빠의 왼쪽 어깨에 머리를 기댔다.

"그래, 그래."

오빠는 내 어깨를 감싸 안았다. 우리는 저녁놀이 동산을 넘어갈 때까지 아무 말 없이 앉아 있었다. 그만 일어나자며 내민 오빠의 손바닥에는 검붉은 오디물이 짙게 들어 있었다.

잃어버린 생일

내 생일은 음력으로 유월 초하루다. 어머니는 더운 여름에 나를 낳고 몸조리나 제대로 하셨을까. 우리 집이 가장 살기 어려웠고 어머니가 새벽장사를 다닐 때였으니 말하나마나일 것이다.

아버지의 생신은 내 생일 다음 날이다. '하필 내 생일 다음 날일게 뭐람.' 그게 늘 불만이었다. 어머니는 전을 부치고 식혜를 띄우면서 그래도 니 생일에 기름 냄새 풍기니 기분이 좋지 않느냐며 위로 아닌 위로를 해주시곤 했다. 그럼 뭐하나. 정작 오늘 만드는 음식은 아버지 생신날 먹을 거면서. 입을 댓발 내놓은 채 씩씩대며 마당으로 나왔다. 해바라기가 심겨진 바깥 울타리 쪽으로 줄맞춰 기어가는 애꿎은 개미들만 발로 비벼댔다.

날이 저물면 언니와 오빠가 아버지 선물을 사들고 서울서 내려왔다. 그날 밤은 온 식구가 모여 밀린 얘기를 하느라 시끌벅적했다. 팔남매가 모두 모여도 내 생일선물은커녕 생일 축하한다는 빈 말 한 마디 하는 이가 없었다. 식구들은 대청마루에 모여앉아 내일 쓸 음식을 일부 나눠먹었다. 동네 어른 누구누구를 아침식사에 초대해야 한다고도 했다. 어머니는 해 뜨자마자 동네를 돌아야 한다며 셋째 언니와 나, 동생에게 당부를 한 후 일찍 들어가 자라고 등을 밀었다.

우리는 아버지와 어머니 생신날에는 어김없이 동네를 한 바퀴 돌았다. 일터에 나가기 전에 일일이 대문을 두드리고는 '아침 잡수러 오시래유', 하고 대답을 들으면 곧 다음 집으로 향했다. 아버지 생신 날 아침상은 푸짐하면서도 화려했다. 엄마가 손수 빚어 안친 술에, 올케들이 솜씨를 부린 반찬과 안주에, 이때 아니면 좀처럼 볼 수 없는 과일들이 가득했다. 동네 어른들이 다 오시면 어제 내 것인 줄 알고 좋아하기만 했던 커다란 크림케이크가 밥상 중앙에 놓여졌다. 상다리가 부러질 것 같은 아버지 생신상이 부러웠다. 아버지는 내게 찡긋 윙크를 보내셨다.

장난기 많은 아버지는 용돈을 줄 때도 그냥 주는 법이 없었다. 약주를 과하게 하고 오는 날이거나 소여물을 투정 안 하고 잘 썰었을 때, 울보 동생을 끝까지 울리지 않고 잘 봐줄 때는 상으로 용돈을 주셨다. 약주를 드시고 오는 날에는 자는 우리를 깨워 기어이 노래를 시켰고, 잠이 덜 깬 채 눈을 비비고 있는 동생과 내 입에 종이봉지에서 꺼낸 눈깔

사탕을 물려주기도 했다.

별이 소나기처럼 쏟아질 것 같은 날에는 어김없이 마당에 멍석을 깔았고 오른쪽에 나를, 왼쪽에 동생을 팔베개해 안으셨다. 우리는 아버지가 알려주는 대로 아버지의 손가락을 따라 바쁘게 눈길을 옮겼다. 아버지가 별자리에 대해 홍이 나서 설명을 해주실 때는 모기가 무는지 풍뎅이가 시끄럽게 나는지조차 몰랐다. 모깃불에서 나는 연기는 하늘하늘 어둠 속으로 기어들어갔다. 밤이 깊어 갈수록 별은 그만큼 우리 앞으로 다가왔다.

4년 전 아버지는 내 생일 이틀 전에 돌아가셨다. 돌아가신 시각이 자정이 가까웠던 까닭에 나흘 장사로 하자는 결정을 내렸다. 집안 어른들은 자리에 누우신 지 얼마 안 되었고, 평생 별 다른 근심 없이 미수를 넘겨 돌아가셨으니 호상이라고 했다. 아버지는 영정사진 속에서 검은 뿔테안경을 쓰고 나와 비슷한 입모양을 한 채 줄곧 나를 바라보셨다.

"워트게 가셔두 그렇게 가신대유? 오늘이 또 지 생일인디."

아버지는 아까보다 더 입을 꼭 다물고 계셨다. 용용 죽겠지? 하며 놀리는 것만 같았다.

"오늘이 우리 용이 생일이네."

셋째 언니는 초췌한 모습으로 쟁반을 들고 왔다. 쟁반에는 편의점에서 사다 끓인 인스턴트 미역국 한 대접이 놓여 있었다. 아버지 상중喪中에 생일이라니, 미역국이라니…. 엄마와 형제들은 눈이 붓고 어깨가 처져 있는데 나보고 밥을 먹으라고? 셋째 언니의 엉뚱한 행동에 머릿속이 멍했다. 아버지는 내게서 여전히 눈을 떼지 않았고 나는 눈물만 났다. 먹어야 기운차리고 상제노릇하지 굶으면 어떡하느냐고 저만치에서 큰어머니가 말했다.

언제 오셨는지 큰어머니는 내 등을 쓸어주면서 숟가락을 손에 쥐어주셨다.

"그래도 딸 중 아버지를 쏙 빼닮은 건 너구나."

나는 고개를 숙였다. 귓가에서는 목련나무에 관한 이야기며, 별자리에 얽힌 전설이며, 목각인형을 만들어주면서 놀이 방법을 알려주셨던 자상한 아버지의 목소리가 다가와 윙윙거렸다. 소여물을 썰면서 장단을 맞추곤 했던 노래 소리도 들리는 듯했다. 왼손잡이인 내게 음식은 왼손으로 먹으면 안 된다며 어색하지만 오른손을 쓰게 하셨던 아버지, 왼손에 양말장갑을 씌우고 오른손으로 글씨를 쓰게 하신, 그때는 도저히 이해할 수 없었던 아버지. 아버지의 사진을 다시 한 번 올려다봤다.

미역국 한 수저를 떴다. 입안은 소태처럼 썼고 밥알은 모래알을 씹는 듯 서걱거렸다. 목구멍은 따갑고 아팠다. 내 식사가 끝나면 아버지는 염을 자실 것이라고 했다. 아버지 영정 앞에서 뻑뻑한 미역국을 목구멍에 꾸역꾸역 밀어 넣었다. 아버지가 예의 짓궂은 표정으로 웃고 계셨다.

그래, 이런 생일도 마지막이다.

첫눈

첫눈치고는 눈발이 제법 굵었다. 순식간에 하늘을 점령해 슬픔조차 앗아갈 기세였다. 바람은 눈발의 흐름대로 천천히 불어댔다.

아버지를 여읜 슬픔을 추스르기도 전, 일 년 만에 우리는 다시 어머니의 손마저 놓쳐버렸다. 엄마의 영정 앞에서 큰 오빠는 자신보다 젊은 모습으로 한복을 단정하게 차려입은 어머니의 얼굴을 바라보았다.

아버지는 쉰 살이 되기 전 일을 놓았다. 어머니는 그런 아버지를 탓하지 않았다. 오히려 아버지께 더욱 극진했다. 우리 식구 중 그 누구도 아버지의 휴식을 방해하거나 싫은 내색을 하지 않았다. 어쩌다 두 분이

다투는 일은 있었지만 알고 보면 어머니의 귀가 어두워서 아버지의 언성이 높아진 것이었다.

어머니는 50년 전, 셋째 딸이 태어나던 해에 땅을 빼앗긴 충격으로 중이염을 앓다가 양쪽 귀가 상했다. 치료를 놓쳐 보청기를 끼지 않으면 보통의 말도 잘 듣지 못했다.

아버지의 부주의로 동네 이장이라는 이가 인감을 도용해 아버지의 땅을 자신의 이름으로 옮겨 놓았다. 농사지을 논에 물을 가두고 모내기를 하는 날, 이장이 나타났다.

"넘의 논에 말도 읎시 농사짓는 법두 있대요?"

하늘이 무너지고 입이 다물어지지 않을 노릇이었다. 어머니는 물이 가득 찬 논바닥을 정신을 내놓은 사람처럼 뒹굴었다. 일 하는 사람 누구도 어머니를 말릴 수가 없었다.

십여 년의 재판 기간 동안 들인 돈도 만만치 않았다. 법원에 가야 하는 날은 장날인데도 옷을 곱게 차려 입고 나가셨다. 입성이 사나우면 판사도 업신여길 것이라고 했다. 아버지가 손을 뿌리치며 함께 가지 않겠노라 말하면 어머니 혼자 집을 나섰다. 밤 늦게 풀이 죽어 들어오는 엄마의 어깨를 큰 오빠는 말 없이 안아 드렸다고 한다. 법원을 드나드는 동안 내 논을 다시 찾을 것이라는 희망으로 넘쳤던 기운도, 재판을 위해 어렵게 마련한 돈도 밑 빠진 독에 물을 붓듯 흔적 없이 빠져나갔다. 끝내 재판에서도 졌다. 이장은 우리 집말고도 여러 군데에서 사기를 친 돈으로 자신의 딸을 부잣집에 시집보냈다. 그 후로 몇 해가 지나고 다른 사람이 그 논을 샀다는 소식이 들렸다.

오빠는 스무 살이 되기 전부터 집짓는 일을 직업으로 삼아 시장에 나가 장사를 하는 어머니와 함께 가족의 생계를 짊어졌다. 가난은 정신을 차리고 눈을 비벼댈수록 염치없이 얼굴을 내밀었다. 그를 무겁게 짓누르는 장남으로서의 무게는 날이 갈수록 더해만 갔다. 어머니는 죄인처럼 흐린 눈으로 큰아들을 바라볼 때가 많았다. 아들은 모른 척했다.

소리 없이 움직이는 어머니 덕에 큰 올케는 부식이며 집안에 필요한 물품들을 사러 읍내에 나가지 않아도 되었다. 동네에 애경사가 있어도 어머니 주머니에서 먼저 봉투가 나왔다. 그 외 집안의 큰일도 어머니의 주머니가 도맡아 해결했다. 그래서 어머니의 발걸음은 느리지만 분주했다.

큰 오빠는 어머니의 한을 풀어드리고자 놓친 논을 되찾으려고 여러 번 논 임자와 홍정을 하였지만 허사였다. 농사를 지어보니 그 논에서만 수확이 좋았다는 게 팔 수 없는 이유였다. 주변의 논을 사는 것으로 대신하였다.

어머니는 한 번도 큰아들에게 하대를 하신 적이 없다. 어려서부터 '큰애야, 아범, 애비야'로 불렀다. 말끝도 언제나 '~하였나? ~하게나'로 맺었다.

나는 문상을 온 손님을 맞다가 멀찍이서 영정 앞에 앉아 있는 큰 오빠를 바라보았다. 광대뼈가 두드러진 깡마른 얼굴이 수심의 깊이를 짐작케 했다. 어깨가 처질 대로 처져 금방이라도 고꾸라질 것만 같았다.

환갑이 넘도록 어머니에게 모든 것을 의지한 채 살아온 날들이 주마등처럼 스쳤을 것이다. 한 가정의 가장이지만 크고 작은 일에 어머니가 함께 했으니 그에게 어머니는 큰 나무이며 고단한 등을 기댈 수 있는 바위였던 셈이다. 이제야 집안의 가장이 되었으니 오빠에게 있어 어머니의 빈 공간은 크고도 클 것이었다.

큰 오빠가 문상객을 맞는 모습은 한 점 흐트러짐이 없었다. 하지만 두 남동생을 옆에 두고 곡을 할 때의 목소리는 무겁고 아프게 들렸다.

아버지 때문에 제대로 된 외출은커녕 외박도 못했던 어머니였다. 어머니가 자식들 집에 다니러 가면 하룻저녁도 못 참고 안사람을 찾는 통에 어머니는 다음날 일찍 보따리를 싸야만 했다. 아버지가 돌아가시자 큰 오빠는 어머니랑 하고 싶었던 일을 계획했다. 멀리 사는 여동생들 집에도 며칠씩 다녀오게 하고 가족 여행도 꿈꿨다. 어머니와 도란도란 이야기도 나누며 어머니가 좋아하는 음식을 함께 먹고 싶어 했다. 날 잡아 햄버거 가게에 가 나란히 앉아 지나가는 젊은이들을 바라보며 어머니가 좋아하는 불고기버거를 베어 물고 싶었다. 피자집에서는 식탁을 가득 메우는 크기의 피자를 시켜 어머니가 신기해하는 모습을 보고도 싶었다. 아무것도 해드린 것이 없는데 어머니는 어느 날 느닷없이 떠나가 버렸다. 기력은 떨어졌지만 따뜻하기만 했던 어머니의 손마저 놓쳐 버린 안타까움에 한숨이 절로 났다.

자신의 짐을 언제나 대신 짊어 주셨던 분이셨다. 평생을 당신보다는 남편이나 자식을, 주변 사람들을 먼저 챙기신 분. 어머니를 잃은 슬픔에 목 놓아 울면서도 우리는 걸음걸이마저 위태로워 보이는 큰 오빠의 모습을 살폈다. 구부정하게 앉아 영정을 지키는 모습이 마치 마른 나뭇가지를 보는 것만 같았다. 내가 오빠 옆으로 다가갔을 때 나의 등을 다독이며 말 없이 한숨만 내쉬었다.

창밖을 보았다. 눈은 쉽게 그칠 것 같지 않았다. 첫눈이 이렇게 펑펑 쏟아져 내린 적이 있었던가.

큰 오빠는 눈이 내리는 줄도 모른 채 망연히 어머니의 영정 앞에 붙박아 있었다. 첫눈을 보면 거기 등 굽은 오빠의 뒷모습이 보인다.

주인 잃은 흔들의자

친정집 토방에 빈 흔들의자가 하나 있다. 언제 사람이 앉았었나 싶게 방석에는 먼지만 쌓여 있다. 오늘따라 삐걱거리는 소리도 요란하다. 아버지는 집 안팎을 서성이다가 힘이 들면 의자에 앉아 한참을 쉬셨고 가끔씩 동네 돌아가는 일이 궁금할 때면 그곳에 앉아 마을을 살펴보았다. 흔들의자에서 바라보는 우리 동네는 잘 그린 그림 한 점을 보는 듯하다.

금잔디가 깔린 안마당을 지나 대문을 나서면 너른 바깥마당이다. 그곳으로부터 농로에 이르는 길 양쪽에는 오래된 거북 모양의 향나무가 적당한 간격을 두고 서 있다. 향나무 주변은 돌들로 치장이 되어 있고, 돌 틈 사이에는 철쭉이 심어져 있다. 철쭉이 끝나는 곳으로부터 밭이 시작되고 밭을 지나 그 앞의 논을 벗어나면 동네의 집들이 띄엄띄엄 눈에 들어오기 시작한다. 그 집들 뒤로 어린 시절 동무들과 뛰어 놀던 나지막한 동산이 다소곳이 앉아 있다. 흔들의자에서 볼 수 있는 동네의 풍경이다.

의자에 앉아 있으면 농로를 걸어가는 이의 모습만 보아도 그가 누구인지 이내 알 수 있다. 꼬부라진 허리에 양 손을 얹고 뒤뚱뒤뚱 걸어가는 이는 명규 할머니다. 어깨에 괭이를 메고 한쪽 팔을 휘휘 저으며 걸어가는 이는 향숙이 아버지다. 광주리를 이고 가는 이는 아랫마을의 부지런한 벙어리 아주머니다.

바람이 서늘한 초가을 오후면 흔들의자에 몸을 맡기고 조각 잠을 청하는 아버지의 모습을 자주 보곤 했다. 기분이 좋을 때는 오가는 이들에게 말도 걸고 그들이 전해주는 읍내 소식도 들었다. 아버지는 목소리가 크고 귀도 밝아서 농로를 걷는 이들과 대화를 하고는 했다. 지나는 이들은 멈춰 서거나 가까이 다가와 소상히 아버지의 궁금증을 해소해 주었다. 그런 날에는 기분이 좋아서 오랫동안 시조를 읊었고 식사도 잘 하셨다.

아버지는 셋째 언니를 제일 좋아한다. 아버지가 젊었을 때부터 지금까지 언니는 한 번도 아버지의 뜻을 거스른 적이 없으며, 눈빛만으로도 무엇을 원하는지 알아차린다. 친정나들이를 하는 날에는 아버지가 좋아하는 것들로 자동차 안이 가득 찼고, 거기에 용돈까지 두둑하게 드렸다. 아버지는 언니 얼굴만 보고도 흐뭇해 하셨다.

하루는 사랑채에 있는 아궁이에 불을 지펴 아버지의 목욕물을 데웠다. 언니와 나는 욕실에 있는 의자에 아버지를 앉혔다. 아버지는 겸연쩍어하며 자주 헛기침을 했고 알아들을 수 없는 말로 끊임없이 중얼거리셨다.

"아버지, 그렇게 창피해?"

나는 스치듯 말을 건네며 커다란 고무대야에 뜨거운 물을 부어 온도를 맞추었다. 아버지는 대답이 없고 수증기만 욕실 안을 가득 메웠다. 열린 창문 밖으로 바람이 스쳐 지나갔다. 바람에 흔들리는 목단나무 가지가 가끔씩 우리를 기웃거렸다. 맞은편 창문으로는 울타리를 친 유카가 탐스럽게 자라 창문을 가렸다.

무슨 일을 해도 당당했던 아버지, 등을 밀 때마다 이리 기우뚱 저리 기우뚱한다. 아버지를 안고 있는 언니의 눈에 눈물이 맺혔다. 언니의 눈물을 보며 가슴이 미어져왔다.

아버지는 내년이면 아흔이 되신다. 노환으로 자리를 보전한 지 여섯 달이 다 되어 온다. 식사 때만 간신히 식구들 도움을 받아 일어나 앉으신다. 눈이 침침하여 가까이 있는 자식들도 못 알아볼 때가 많다. 목소리로 짐작해 몇째 자식인지 가늠하는 것만도 다행스러운 일이다. 귀도 어두워져 큰소리로 말을 해야 간신히 고개를 끄덕이며 귀찮은 듯 알았노라 손을 흔드신다.

집 앞을 지나는 누구도 아버지에게 더 이상 세상 이야기를 들려주지 않는다. 안방에 덩그마니 놓여 있는 25인치 구형 TV만이 유일한 아버지의 친구다. 가끔씩 아버지의 안부가 궁금한 분들이 찾아오지만, 그런 방문이 아버지에게는 의미가 없어진 지 오래다. 그가 누구인지도 모를 뿐더러, 그런 의례적인 방문을 반기지도 않는다. 요즈음에는 눈을 감고 한참 동안 골똘히 생각에 잠기곤 한다. 그러다가 소리 없이 눈물을 흘리신다. 위로한답시고 아버지의 손을 잡아보지만 나도 모르게 소리내어 흐느껴 울게 된다. 그럴 때면 어김없이 눈물 많은 둘째 오빠의 꾸지람이 떨어진다.

흔들의자에 앉아 먼 산을 바라본다. 농로에는 오가는 사람들이 보이지 않는다. 한 줄기 바람만이 나뭇가지를 흔들어 놓고 무심히 지나간다. 아버지는 흔들의자에 언제 다시 앉을 수 있을 것인가.

주인 잃은 의자는 삐걱거리고 앞산은 황혼에 물들고 있다.

한 거리,
진 거리

어쩌면 그리도 무심했을까.

사는 게 힘들다는 이유로 친정 가는 일이 언제인가부터 뜸해졌다. 뿐만 아니라 가족 모임에도 소원해지는가 싶더니 급기야 형제들로부터 만나자고 연락이 와도 못 간다는 답을 보내곤 했다.

몇 년 전부터 엄마와 다섯 딸이 제주도 여행을 약속했지만 이 핑계 저 핑계, 이런저런 사정으로 미루기만 했다. 딸 다섯이 한꺼번에 모이는 일은 쉽지 않았다. 이태 전, 가을이 깊어질 즈음 큰 언니로부터 전화 한 통을 받았다.

"용아, 우리 여행 가자. 엄마 더 불편해지기 전에 어디 가까운 데라도 가서 하룻밤 자고 오자. 이유 달지 말고 가는 거야. 이번만은 언니 말대로 해. 무조건 가는 거다. 알았지?"

언니의 목소리는 단호했지만 떨고 있었다.

아버지 돌아가시고 갑자기 기력이 쇠잔해진 엄마가 요즘은 도통 드시는 것조차 달가워 않는다며 일주일 전에도 심난한 목소리로 전화를 했었다. 환갑이 다 된 큰 언니는 한 달에 두 번씩 친정으로 내려가 목욕도 시켜드리고 빨래며 청소를 하고 올라왔다. 큰 언니의 효심은 엄마를 모시고 있는 큰 올케가 미안해 할 정도로 극진했다. 큰 언니가 내려가지 않을 때에는 셋째 언니와 막내가 그 일을 대신했다. 장사를 한다는 핑계로 둘째 언니와 나만 무심했다.

그러던 차에 큰 언니가 결단을 내렸고 부랴부랴 날짜를 잡았다. 큰 언니의 결기서린 통보는 누구 하나 낙오 없이 한 자리에 모이게 했다. 오빠와 올케들은 우리의 여행에 후원을 아끼지 않았다. 신두리 바닷가에 이미 펜션을 예약하고 엄마가 탈 휠체어도 읍내의 의료기상에서 대여해 놓았다.

내 승합차에는 짐을 실었다. 솥단지 두 개, 쌀이 한 포대, 반찬을 담은 그릇들로 가득했다. 하룻밤 자고 올 건데 이렇게 많이 준비했느냐고 물으니, 고모, 여기 또 있는디? 하며 둘째올케가 잰 고기를 담은 플라스틱 통을 쌀 포대 옆에 끼워 넣으며 웃는다. 둘째 언니 승용차에 엄마와 언니들이 타고 동생과 나는 그 차의 뒤를 따랐다.

앞차에서는 무엇이 그리 좋은지 연신 손짓 발짓을 하는 모습이 보였다. 차가 움직이는 대로 엄마의 몸이 조금씩 흔들렸지만 특별히 언니들처럼 손을 올린다거나 몸을 돌려 딸들과 얼굴을 마주하지는 않았다.

신두리의 낙조는 쓸쓸했다. 멀리 빠져나간 썰물 주변으로 괭이갈매기들이 모여 먹이를 찾고 있었다. 누군가가 바다가 잘 내다보이는 거실에 엄마가 편히 기댈 수 있는 자리를 마련했다.

창문을 열면 바닷바람이 코끝을 상쾌하게 할 텐데, 초가을인데도 엄마는 자꾸만 춥다고 하시니 문을 열어둘 수가 없었다. 웃지도 찡그리지도 않는 무덤덤한 표정으로 엄마는 매사가 귀찮다는 듯 바다만 말없이 바라보았다. 너무 늦은 여행이라는 생각이 미치자 갑자기 가슴에 불이 일었다. 엄마의 시선이 머문 수평선에는 지는 해가 위태롭게 걸려 있었다.

서둘러 식사를 준비했다. 밖에 나와서 엄마와 다섯 딸이 처음 해 먹는 식사였다. 파킨슨병에 당뇨와 심한 고혈압, 그리고 퇴행성관절염으로 고생하는 엄마와 함께 한 첫 여행이었다. 같은 여자로서, 같은 어머니로서 한 자리에 모인 우리들은 하나같이 엄마의 모습을 닮아가고 있었다.

둘째 오빠가 준비해준 꽃게를 통째로 들통에 앉혔다. 게살을 발라드리면 맛있게 잡숫던 엄마를 생각하며 꽃게가 익기를 기다렸다. 통나무를 잘라서 만든 기다란 식탁에는 정성껏 준비한 음식들이 차려졌다. 우리는 엄마가 먼저 수저를 드시길 기다렸다. 엄마는 여전히 표정에 변화가 없었다. 전 같으면 먹음직스럽다든지, 언제 이 많은 음식을 만들었냐고 했을 것이다. 하지만 수저를 들어 말간 물김치 한 모금 떠 드셨을 뿐이었다. 막내가 빨갛게 잘 익은 꽃게를 접시에 담아 엄마 앞에 놓아 드렸다.

"이거 세 대야씩 이구 복순이랑 읍내에 내다 팔던 생각이 나는구먼. 복순이가 무겁다고 쉬어가자고 혀도 쉬질 뭇혔어. 그거 내려놓구 쉬다가는 다시 여줄 사람이 읎서서 낭패를 보니께. 복순이한티는 참 미안허다. 그땐 그이가 이 넘보단 더 영글구 무진장 컸지. 요새는 그런 그이 뭇봐."

엄마의 얼굴을 바라보는 큰 언니의 눈자위가 붉게 충혈이 되었다. 언니는 대야에 눌린 목이 다시는 빠져나오지 않을 것 같았다며 그때를 회상한 적이 있었다. 엄마는 다시 한 번 물김치를 떠 드셨다. 셋째 언니가 엄마 앞의 접시에 놓인 꽃게를 집어 들었다.

"엄마, 그이가 잘 영글었네. 오빠가 암킈만 샀나 봐. 이거 보유, 알이 꽉 찼슈."

셋째 언니는 엄마의 수저에 게살과 주황색 알을 올리며 울음을 삼키고 있었다. 우리는 묵념하듯 밥상에 머리를 박고 한 동안 아무 말도 하지 않았다.

"아니, 왜들 이러는겨? 누가 죽었남? 어여들 먹어."

엄마의 그 소리에 큰 언니가 그려, 얼릉들 먹어. 다 식겄다, 했다.

밥상을 물리고 동생과 나는 설거지를 했다. 엄마가 건강하실 때는 가위 바위 보로 설거지 당번을 정하곤 했다. 술래는 늘 엄마였다. 엄마는 열 번 하면 열 번 모두 가위만 내는 것이었다. 언니나 동생은 엄마께 설거지를 시키는 딸이 어디 있냐며, 대신하려 했지만 그건 반칙이라고 내가 반대했다. 술래가 하는 게 당연하지 왜 그려, 하면서. 엄마는 소리 없이 웃으며 그려, 그려, 진 사람이 허는 거 맞지. 느들은 잔말 말구 커피나 타라, 하셨다. 팔순이 가까웠음에도 술래가 된 엄마의 뒷모습은 당당했었다.

"엄마 부려 먹으니께 좋은감?"

하고 웃으시며 등을 돌려 손가락으로 나에게 물을 튕기던 엄마의 모습이 떠올랐다.

댓달 전부터 엄마는 거동이 불편해 지팡이와 휠체어에 의지하며 생활했다. 부축해드려야 화장실 왕래도 가능했다. 설거지를 끝낸 우리는 넓은 거실에 빙 둘러 앉았다.

셋째 언니는 연신 엄마의 다리를 주무르고 있었다. 나머지 딸들은 엄마의 얼굴만 바라보며 이런저런 이야기를 나누었다. 엄마는 새처럼 재잘대는 딸들의 입모양만 비스듬히 벽에 기댄 채 바라보았다.

"엄마, 우리 그거 할까? 한 거리 진 거리?"

오늘따라 유난히 축 처진 엄마의 팔을 흔들며 내가 말했다. 누군가 그래, 그거 재밌겠다, 했고 어느새 엄마를 옆에 두고 두 명이, 그 맞은편에 세 명이 나란히 앉아 서로의 다리를 엇갈려 앞 사람의 다리 사이에 끼워 넣었다. 가장 오른쪽에 앉은 내가 시작을 외쳤다. 내 쪽 끝에 앉은 엄마는 귀찮은 듯 고개를 돌려 외면했다.

"엄마, 같이 해야 재밌지. 여기 좀 보유."

다시 시작을 외쳤고 그와 동시에 우리 모두는 일제히 노래를 불렀다.

"한 거리 진 거리 대창 거리/ 옴목 좀목 진대만대/ 우래 두래 들창갑사/ 달이갑사 꿀이냐."

손가락으로 다리 하나씩 찍어가면서 노래를 부르다가 '꿀이냐' 했을 때 진행자의 손가락에 찍히는 다리를 불러들이면 되는 놀이였다. 그렇게 하다 먼저 두 다리가 찍혀진 사람은 벌칙을 받고 맨 마지막 남은 사람 둘은 가위 바위 보를 해서 진 사람이 다시 벌칙을 받는다. 엄마는 이 놀이에서 첫 번째 탈락자가 되었다. 벌칙으로 엄마에게 노래를 신청했다. 엄마는 못 들은 체 주위를 두리번거리다가 한참 만에 못 이기는 척, 한 거리 진 거리 대창 거리, 옴목 좀목 진대만대~ 하고 노래를 불렀다. 다른 노래는 모두 음이 틀리고 가사를 몰라 한 소절도 부르지 못하는데, 이 노래는 끝까지 틀리지 않았다.

아버지 회갑연 때였던가. 잔칫날 부를 것이라며 내게 창부타령을 가르쳐달라고 했던 기억이 났다. 잔칫날 그 노래를 들은 기억이 없는 걸 보면 끝까지 가르쳐드리지 않았거나 엄마가 노래 부르기를 포기했던가 보다. 우리의 기억에는 〈한 거리 진 거리〉가 엄마의 유일한 노래였다. 우리를 재우는 자장가였으며, 놀이노래였고, 엄마의 피곤함을 달래는 거칠고 힘든 삶 속의 안도의 한숨 소리이기도 했다.

갑자기 밖이 부산했다. 큰 오빠와 둘째 오빠 내외, 조카 내외와 형부들, 제부와 어린 조카들이 우르르 몰려 들어왔다. 놀이가 끝나고 잠시 적막했던 거실 안은 금세 시끌벅적해졌다. 목소리가 유난히 큰 둘째 오빠가 싱싱한 회를 떠왔다며 엄마 앞에 펼쳐놓았다.

맥주잔이 오가며 젓가락 장단에 노래도 부르고, 큰 것 작은 것 할 것 없이 차례대로 가수나 무용수가 되어 거실을 휘젓고 다녔다. 큰 언니는 차례가 돌아오자 노래를 못 부르겠으니 엉덩이로 '사랑하는 내 엄마'를 쓰겠다고 했다. 언니의 그런 모습은 처음이었기에 잠시 당황했지만, 얼마 후 우리는 바닥을 뒹굴며 웃어댔다. 맷돌짝만 한 엉덩이를 엄마 앞에 들이대고 둥글게도 각지게도 그리며 때론 뾰족하게 콕 찌르기도 하는 모양이 아이들 재롱잔치 때 보았던 모습 그대로였다. 그때 잠시 엄마의 표정이 밝았던 것 같다.

우리들이 친정에 다니러 가면 환하게 웃으시며 안마당 가득 엄마의 벌린 팔이 춤을 추곤 했었다. 언제부턴가 미소도 사라지고 고통도 사라진 사람처럼 늘 같은 표정이 되어 버렸다. 엄마의 미소는 어디로 사라진 것일까. 고된 일상 속에서 조금씩 바람에 묻어 날아가버린 것은 아닐까. 웃는 법도 우는 법도 이젠 잊으셨나 보다. 안경 너머 움푹 들어간 눈동자만이 애처롭게 우리를 번갈아 바라볼 뿐이었다. 엄마의 하품이 연신 이어지자 오빠들이 일어났다. 오빠들의 배웅을 끝낸 후 이부자리를 거실로 가지고 나와 나란히 깔았다.

엄마가 건강하실 때 진작 여행 한 번 못한 것이 후회가 되었다. 이제 와서 수선을 떠는 것 같아 마음도 편치 않았다. 모두 쉬이 잠을 이루지 못하고 뒤치락거렸다.

간밤에 잠을 설친 탓에 눈이 떠지지 않았다. 큰 언니가 준비해준 늦은 아침을 먹고 느긋하게 차를 마시며 우린 또다시 엄마 곁에 옹기종기 모여 앉았다.

"인제 가야지?"

엄마의 말씀과 동시에 어느새 다른 한 쪽에서는 주섬주섬 짐을 챙기고 있었다.

휠체어를 밀고 바다로 나갔다. 고요한 바다는 여전히 푸르렀다. 막내네 가족이 새벽 산책길에 해변에 만들어 놓았다던 큼지막한 하트가 눈에 들어왔다. 조가비들을 모아서 만든 하트 안에는 이런 글씨가 쓰여 있었다.

"엄마, 사랑해요. 건강하게 오래 오래 사세요."

여행을 마치고 두 달 후 엄마는 그토록 못 잊어하던 아버지 곁으로 가셨다.

행복한 유전

편두통이 급습한다. 이러다 말겠지 하며 일에 몰두해 보지만 좀처럼 멈출 기미가 보이지 않는다. 두통이 시작되면 어김없이 광목 끈을 머리에 두르시던 엄마의 얼굴이 떠오른다. 돌이켜보니 그때의 엄마가 바로 지금의 내 나이였다.

엄마는 40대 후반에 하나둘 속 썩이기 시작하는 이를 몽땅 뽑아내고 틀니를 했다. 이 하나가 말썽을 일으키면 머리가 터질 듯 아프고 눈이 빠질 것처럼 고통스럽다고 하셨다. 아무것도 할 수 없을 뿐더러 자리를 깔고 누울 수밖에 없었다. 아버지의 권유로 담배를 피워 물기도 했고, 밤새 꿀통을 머리맡에 두고 통증이 올 때마다 꿀을 한 수저씩 물고 계시기도 했다. 언제부터인가는 얼음을 물고 통증과 맞서기도 하셨다. 아닌 게 아니라 치통이 주춤하기도 했고 잠시 편할 수 있었다. 하지만 놈은 두통을 동반하고 불시에 찾아오니 장사를 하는 엄마로선 반갑지 않은 손님이었다. 고민 끝에 말썽 많은 이와 더불어 나머지 성한 몇 개의 이를 아예 생으로 뽑아버리고 틀니를 하기로 결심했다.

주무실 때는 틀니를 뽑아 사발에 넣고 물을 부어놓았다. 물에 담긴 틀니를 보며 우리는 매번 소스라치게 놀랐다. 이를 뽑아내면 편두통은 자연스레 사라질 줄 알았지만 엄마는 그 후로도 툭하면 광목 끈을 머리에 둘렀다.

입병도 자주 나 뜨거운 음식이나 매운 음식을 드실 때는 그 고운 얼굴이 심술궂게 일그러지곤 했다. 한 군데가 그만하면 다른 한 쪽이 뚫어지고 그 쪽이 괜찮다 싶으면 이번에는 잇몸이 말썽이었다. 엄마의 지긋지긋한 입병은 우리 다섯 딸이 고스란히 물려받았다. 조금만 몸을 혹사시켰다 싶으면 여지없이 입안이 송송 뚫린다. 그렇지 않을 때는 양치를 하면서 칫솔로 긁어 생채기를 내놓거나, 음식을 먹을 때 볼살이나 혀를 씹어버리는 경우가 다반사다. 약을 발라도 보고 먹는 약을 먹어도 보지만 그때뿐이다.

엄마는 귀도 약했다. 셋째 언니가 태어나던 1964년, 아버지의 부주의로 논문서가 동네 이장에게 넘어갔을 때 정신을 잃고 쓰러졌다. 모내기를 하기 위해 물을 가득 받아놓은 논에 들어가 정신을 놓은 사람처럼 소리를 지르며 논바닥을 기어 다니셨다. 그날 밤 가족의 부축을 받으며 잠자리에 들면서 머리가 깨질 듯 아팠다고 한다. 그 즉시 병원에 들러 진단을 받아봤어야 옳았다. 당시로서는 엄마에게 병원은 사치였다. 빼앗긴 논을 찾기 위해 온 신경을 곤두세우고 십여 년 법정을 드나들었지만 허사였다. 신경성중이염이 원인이 되어 가는귀가 먹고 결국 보청기를 끼지 않으면 보통 크기의 말도 알아들을 수 없게 되었다. 날이 궂거나 신경을 많이 쓰게 될 일이 생기면 약과 면봉을 손에서 놓지 않았다.

아버지의 언성이 높아진 것은 그 즈음부터다. 웬만한 소리는 알아듣지 못하는 엄마를 위해 큰소리로 말씀하셨다. 어쩌다 엄마의 컨디션이 좋은 날에는 아버지는 핀잔을 들었다.

"이 영감님이 나하고 싸울 작정인규, 왜 그렇게 언성을 높인대유?"

아버지는 이유를 설명하려다 말고 헛기침으로 대신했다. 그리고 혼잣말을 하셨다.

"비밀 얘기한 지가 은젠지 물르겄네. 당최 우리끼리 헐 말두 뭇허구 재미난 세월 다 지났구먼."

그 말씀이 무슨 뜻인지 이제야 알아 절로 웃음이 나지만 그래서 절로 눈물도 난다.

다시 말하지만 우리 딸 다섯은 엄마에게서 두통과 입병을 고스란히 물려받았다. 귓병은 막내가, 약한 이는 심하고 덜하고 차이는 있지만 나를 제외한 네 딸 모두 나눠가졌다. 태어나 스케일링을 하거나, 검진받으러 치과에 간 것을 제외하고는 치과 문턱에도 안 갔으니 나로선 그나마 다행스러운 일이다. 엄마는 내가 웃으면 행복해 하셨다.

"워쩌면 그리도 이가 가지런허댜? 옥수수를 박아 논 것만치 촘촘허구

이쁘네."

나는 어깨를 으쓱하며 너스레를 떨었다.

"엄마, 이거 틀니잖어. 흐흐흐."

"예끼, 그런 말 허면 못써. 워디 멀쩡허게 성한 이를 갖꼬 그런 말을 헌냐? 복 나가게…."

엄마는 내가 무슨 큰 잘못이라도 한 것처럼 나무라셨다. 언젠가는 내 이도 치료를 받아야 할 때가 오겠지만 아직까지는 멀쩡하니 감사할 일이다. 우리 다섯 자매가 어쩌다 만나면 태안 말로 늘 엄마 이야기를 한다.

"머리가 자주 아픈 건 엄마를 닮아서 그런 겨."

"내 이 약한 건 영락없이 엄마를 빼다 박았지."

"내 귀는 워떻구. 지끔이야 치료를 잘 받어서 이만큼이지 예전엔 아예 휴지를 가지고 다녔다니께."

"말도 말어. 입병은 워쩔껀디. 우리 다섯에게 사이좋게 나눠준 건 입병이랑 편두통뿐여. 울엄마, 참 고마운 분여. 두고두고 엄마를 추억허고 그리워헐 수 있게 만들어 놓셨잖여."

누가 먼저랄 것도 없이 우린 까르르 웃었다.

언젠가 아는 분이 아버님이 당뇨병을 주셔서 감사하다고 한 말을 듣고 이해할 수 없었다. 병을 이어 받은 걸 고마워하다니 선뜻 납득이 가지 않았다. 건강한 신체를 주신 부모님께 감사하다는 말은 들었어도 평생 약을 먹고 운동하고 식사를 조절하며 지내야 할 귀찮은 병을 주신 걸

감사해 하다니. 하지만 그때는 몰랐지만 이제는 알 것 같다. 그 분은 약봉지를 볼 때마다 아버지가 생각날 테고, 같은 약을 거의 같은 시간에 드시는 아버님이 안쓰러울 것이다. 하지만 아버지의 모습을 수시로 떠올릴 수 있다는 것은 얼마나 기쁜 일이랴. 그러니 이해하기로 하자면 고맙다고 했을 법도 하다.

엊그제 양치를 하며 칫솔로 긁은 잇몸이 욱신거린다. 당분간 나는 간이 센 음식을 삼가고 있다. 되도록 뜨거운 음식도 피한다. 그러면서 엉뚱한 생각을 한다. 이건 엄마가 주시는 특별한 경고라고. 자극이 있는 음식은 간이 센 음식과 같이 몸에 안 좋으니 웬만하면 먹지 말라는 당부일 게다.

이때껏 진통제로 다스리는 편두통도, 끊이지 않는 입병도 내게 있어 생활이 되어버렸다. 더 이상 불편하거나 귀찮은 손님도 아니다. 엄마가 주신 행복한 유전일 뿐이다.

류순덕 여사의 휴대전화

엄마가 돌아가시기 십 년 전쯤 봄, 셋째 언니가 엄마에게 휴대전화를 사 드렸다.

시장에서 장사를 하던 엄마는 태안읍내에서 세련된 할머니로 통했다. 팔순이 다 된 연세에도 유머 감각이 뛰어나고 부지런했으며 옷도 때에 맞춰 정갈하게 입었다. 주변 사람들은 그런 엄마를 '멋쟁이할머니'라고 불렀다. 됫박을 넉넉히 채워준다 하여 '됫박할머니', 커피를 즐겨 마신다 하여 '커피할머니'라는 별명도 따라다녔다. 엄마가 하루에 마시는 커피는 대여섯 잔은 보통이었다. 좁다란 건어물 가게에 앉아 엄마는 틈만 나면 커피를 즐겼다. 워낙 단 것을 좋아하셔서 일회용 커피에 설탕 한 수저를 더 넣어야 했다. 커피가 든 잔을 스푼으로 저을 때의 모습은 마치 안방 보료에 앉아 차를 즐기는 대갓집 마님과도 같았다.

엄마 목에 목걸이처럼 휴대폰이 걸리던 날, 시장사람들은 쪽진 머리 할머니 목에 걸린 휴대폰이 낯설면서도 신기했다. 그 즈음 노인들에게 휴대폰은 흔치 않은 물건이었다. 엄마의 휴대폰을 구경하느라 시장 안은 왁자했다. 아버지는 늙은 할망구가 숭허게 그게 뭐랴, 하시며 핀잔을 하셨다. 친정집에 다니러 간 날, 동생이 1번부터 형제들의 번호를 순서대로 저장했다. 이제 단축번호만 누르면 자식들과 언제든지 통화할 수 있었다. 전화를 걸 때마다 일일이 번호를 누르지 않아도 되니 신기하다며, 엄마는 잘 되는지 시험해 봐야한다고 돌아가며 단축번호를 누른 후 제대로 벨소리가 울리면 끊곤 하셨다. 엄마의 행동이 마뜩찮았는지 아버지는 다 늙은이가 채신머리없이 그게 뭐하는 짓이냐며 그날도 엄마를 나무랐다.

그런데 언젠가 집에 다니러 갔을 때 아버지는 나를 슬쩍 불러 내, 저런 거 얼마면 사냐고, 많이 비싸냐고 물으셨다. 아버지도 저거 하나 사다 드릴까? 더 좋은 놈으루다, 했더니, 무슨, 내가 전화 쓸 일이 워딨다구, 하시면서도 내 전화기에서 눈을 떼지 않으셨다.

서울로 올라와 아버지가 사용할 휴대폰을 장만했다. '실버폰'이라 불리는 전화기는 글씨도 컸고 엄마 것보다 신형이어서인지 세련돼 보였다. 번호를 얻고 상자에 전화기를 넣으면서 아버지가 기뻐할 일만 생각했다.

생각했던 대로 아버지는 휴대폰을 어린아이가 장난감 끌어안고 자듯

늘 머리맡에 두고 주무셨다. 가끔씩 잠결에 더듬으며 그것이 그 자리에 있는지 확인하기도 했다. 하지만 그 전화로 우리에게 전화를 건다거나 하는 일은 좀처럼 없었다. 우리도 무슨 일이 있으면 엄마에게 전화를 하곤 했으니 아버지께 전화를 거는 일은 거의 없었다. 셋째 언니만이 하루에 한 번씩 안부전화를 드릴 뿐이었다. 아버지가 노환으로 병원에 입원했을 때도 전화기는 제 할 일을 잊은 채 침상 머리맡에 아버지의 그림자처럼 누워 있었다.

병원에 입원하고 몇 달이 지나자, 아버지는 필요 없는 물건이라며 치우라고 하셨다. 그리고 그해 음력 6월, 먼 곳으로 가셨다.

아버지가 떠난 1년 후 엄마가 돌아가셨다. 엄마 돌아가신 지 3년이 지났지만 아직도 내 휴대폰에는 '류순덕 여사'라는 이름으로 엄마의 전화번호가 남아 있다. 엄마의 휴대폰은 셋째 언니가 평생 간직할 거라며 유품으로 보관중이다.

엄마의 기일에 맞춰 큰 언니와 고향길에 올랐다. 큰 언니를 보면 엄마 생각이 더 난다. 유난히 엄마를 닮아가는 언니는 말씀도, 행동도, 처신하는 것도 엄마랑 똑같다. 예순이 넘어 검정고시로 중학교 입학 자격을 얻은 언니는 학교에 들어가 특별한 일이 생기면 엄마께 꼭 문자를 보낸다고 했다. 시험을 봐서 점수가 높게 나왔을 때도, 난생 처음 수학여행을 갔을 때에도 엄마께 보고하듯 문자를 보냈다는 것이다. 엄마가 즐겨 드시던 맛난 음식을 마주할 때마다 그리움을 문자로 대신했다고 한다. 왜 나는 그런 기발한 생각을 못 했을까. 엄마가 그리워 밤을 지새운 적은 있어도 문자를 보내봐야겠다는 생각은 꿈에도 해보질 못했다.

전화기를 열어 '류순덕 여사'를 찾았다. 겨울이 왔다고, 그쪽은 월동 준비 제대로 했냐고, 춥지 않게 잘 지내시냐고 문자를 넣었다. 문자를 보내놓고 차라리 전화를 걸어볼까 잠시 망설였다. 갑자기 기분이 이상해졌다. 전화를 걸었을 때 혹여 엄마가 전화를 받지 않으면 어쩌나, 또는 진짜 엄마 목소리가 들리면 어떤 말을 해야 하나 쓸데없는 걱정이 앞섰다. 문자면 충분할 것 같았다.

가끔씩 엄마가 그리울 때 하고 싶은 말 다 담아 보내야지, 다짐하고 있을 때, 믿기지 않게도 '류순덕 여사'로부터 문자 한 통이 날아왔다. 순간 소름이 돋았다. 마음을 가다듬으며 천천히 확인버튼을 눌렀다.

— 도대체 돌아가면서 왜들 이러십니까. 정말 더 이상 못 받아 주겠네.

이럴 줄 알았으면 전화번호를 그냥 살려둘 걸 그랬나 보다.

마흔일곱에
꿈꾸는 이층집

꿈이 생겼다.

지금껏 살아온 시간을 통틀어 내가 꾸는 가장 거창한 꿈이다. 생각해 보니 언제 꿈을 꾼 적이나 있었던가 싶기도 하다. 별 특색 없이 자란 나는 과학자가 되고 싶다거나 대통령이 되고 싶다거나 하는 꿈을 한 번도 꿔본 일이 없다. 소설을 쓰고 싶었지만 소설을 어떻게 쓰는지 몰라 읽는 데만 치중했다. 간호사가 될까도 생각했지만 주사를 놓기는커녕 주사 맞는 것도 무서워 병원 근처에 가는 것조차 두려워했다.

그런 내게 근래에 꿈이 생겼다. 그러고 보면 마흔 즈음은 뭔가 하기에 더할 나위 없이 적당한 나이이지 싶다. 웬만큼 자신감이 붙고 능청도 떨 수 있으며 오기도 부릴 수 있기 때문이다. 꿈은 어려서 꾸는 것인 줄

로만 알았다. 어른이 되면 하루하루 지루하게 살다가 인생의 나머지 칸이 다 채워지면 그만 떠나가는 것이라 생각했다.

어느 날 뜬금없이 내 건물을 갖고 싶어졌다. 아직까지 한 번도 못해봤던 생각이다. 이왕이면 2층짜리 건물을 지어 1층은 화원으로 꾸미고 2층에는 커피집을 차리고 싶다. 100평 정도면 어떨까. 마당에 잔디를 심고 그 가장자리에는 감나무를 심을 것이다. 울타리는 토기로 담을 쌓아 담장 사이에 앙증맞은 화초와 넝쿨식물을 심어볼 참이다. 간혹 넝쿨은 토기의 투박한 허리를 감싸고 올라 하늘바라기를 하리라.

길 건너 도로변에 2층짜리 빨간 집이 보인다. 병원과 다른 화원의 중간에 위치한 그 집엔 사람이 보이지 않는다. 누군가 살고 있다는 느낌도 들지 않는다. 창마다 비닐을 쳤고, 발코니는 한 발로 툭 치면 무너질 것처럼 허술해 보인다. 가까운 곳이지만 몇 년을 지나도 그 집이 제대로 눈에 들어온 때가 없었다. 내가 꿈을 갖게 된 이후에야 눈에 띈 걸 보면 분명 나와 무슨 인연이 닿는 집이라는 생각이 들었다. 금방이라도 쓰러질 듯 몸뚱어리를 간신히 지탱하고 있는 그 빨간 벽돌집을 리모델링할 계획을 부지런히 세워본다.

뼈대는 그대로 살리되 나머지는 허물어 넓은 유리문을 면마다 만들고 빨간 벽돌로 마무리한다. 창 밑으로 작은 난간을 내어 유럽의 어느 카페처럼 늘어지는 꽃을 올린다. 그 꽃은 사피니아나 제라늄이면 좋겠다.

요즘은 날마다 잠을 설친다. 누우면 그 집이 자꾸 보이는 것이다. 어느새 2층에 커피머신이 놓이고 테이블 위에는 잘 여문 강아지풀이 물병마다 꽂혀 있다. 오디오에서는 슈베르트의 피아노 선율이 흐르고 창밖으로 하나둘 가랑잎이 휘날린다. 겨울이 오면 따뜻한 커피를 찾는 손님이 줄을 서겠지. 나는 손님의 취향을 단번에 알아차린다. 시럽을 넣는지, 설탕을 즐기는지도 알고 있을 것이다.

출근을 해 그 집을 바라본다. 오늘쯤 부동산에 전화를 걸어 얼마에 내놓았는지 알아볼 참이다. 가지고 있는 돈이 턱없이 모자라지만, 무리해서라도 갖고 싶은 집이 되었으니 최대한 흥정을 하여 내 것으로 만들고 싶은 마음이 간절하다. 이미 내 머릿속에는 그 집에 대한 모든 그림이 완성된 상태다. 소품까지도 꼼꼼히 챙겨 놓았다. 집만 구입하면 되는 것이다. 일은 일사천리로 진행된다.

가을비가 내리고 나니 바람에 날려온 은행잎이 마당에 소복하다. 아침마다 비질을 해도 오후가 되면 다시 가득하다. 은행잎을 쓸며 습관처럼 빨간 집을 건너다본다. 보는 것만으로도 흐뭇하다. 겨우내 공사를 마치고 내년 봄쯤 저 집으로 이사를 가, 찻잔을 들고 이곳을 바라보는 상상을 해본다. 십여 년 동안 노란 은행잎이 날리는 마당을 가졌던 여자를 기억하며, 천천히 새로운 집 마당을 거닐어야지. 사람들은 오며가며 낮아진 담 너머로 내게 눈인사를 건넬 것이고 나는 여유 있고 낭랑한 목소리로 화답할 것이다. 늦게나마 꿈을 갖고 나니 스스로 기특한 생각에 마냥 행복해진다.

비질을 멈추고 부동산에 전화를 걸었다. 목소리가 묵직한 남자는 그 집이 마침 경매로 나왔다며 같이 가보자고 했다. 전화기를 내려놓는 손이 파르르 떨렸다. 마음이 바빠졌다.

부동산 사무실 문을 열고 들어서자마자, 남자는 그 집이 나왔는지 어떻게 알았냐며 호들갑을 떨었다. 그가 앞장을 섰다. 집이 가까워질수록 가슴은 콩닥거렸다. 대문은 굳게 닫혀 있었다. 남자는 알고 있기라도 한 듯 대문을 스쳐 그 집 모퉁이를 돌았다. 후문으로 들어설 모양이었다.

"자, 다 왔습니다. 어서 들어오세요. 이 집이 오래 되긴 했어도 여름엔 시원하고 겨울엔 따뜻하여 아주 좋습니다. 병원도 가깝고 은행과 마트도 몇 발짝 앞에 있으니 이보다 더 좋은 집 없습니다."

남자가 열고 들어간 집은 내가 말한 빨간 집 바로 뒷집이었다. 나는 이 집이 아니라고 했다. 연신 출렁대던 그의 볼살이 잠시 멈췄다. 나는 빨간 색 이층집을 가리켰다. 남자가 난처한 듯 말했다. 그 집은 할머니가 살고 있으며 2층은 세를 줬다고 했다. 세 든 이들은 맞벌이 부부이고 밤 늦게나 들어오니 내가 퇴근할 때까지 불이 켜진 걸 보지 못했던 것이다. 빨간 집 가격은 내가 예상한 이상으로 턱없이 비쌌다. 이게 뭐람. 한여름 밤의 꿈도 아니고.

마당을 쓴다. 은행잎이 꿈쩍을 하지 않는다. 빗자루를 들고 빨간 집을 건너다본다. 금방이라도 쓰러질 듯한 발코니에 'ㄱ'자 허리를 한 할머니가 위태롭게 서서 이쪽을 바라본다.

나는 꿈을 접지 않았다. 마흔을 훌쩍 넘겨 어렵게 꾼 꿈인데 쉬이 접기는 억울하다. 무엇보다도 이층집은 내가 갖고 싶었던 집이고 그 이층집에 꽃과 커피 향을 채우고 싶은 마음이 간절하다. 못 이룰 일도 아니다. 못 이룰 까닭이 무엇인가.

혹시 눈먼 집 한 채 있나 틈나는 대로 주변을 두리번거린다. 꿈만 이룰 수 있다면 그 집이 아니라도 좋다. 1층엔 화원을, 2층엔 커피집을 차리련다. 머릿속에는 이루어야 할 꿈이 생생하다. 조만간 꿈의 궁전으로 보란 듯 들어갈 것이다.

추천사

사람과 자연과 사물에 대한 깊은 응시

이순원/ 소설가

인생의 고수들은 사람의 얼굴만 보고도 그 사람의 모든 것을 다 파악해낸다. 그가 살아온 삶과 미래까지도 그의 얼굴에 고스란히 담겨 있다는 것이다. 그러나 그것은 진정 고수의 세계일 뿐 우리 같은 글꾼들은 그의 말과 그의 글로 그의 삶을 어림하고 짐작한다. 고수들의 짐작보다 낮은 듯 보여도 고수의 세계가 갖추지 못한 한 가지 확실한 것은 있다. 말과 글의 진정성이다.

살아가며 우리 삶의 굽이굽이에 좋은 사람을 만나 오래 인연을 나누는 일보다 더 귀하고 복된 일도 드물 것이다. 전혀 뜻하지 않은 자리에서 우연히 만난 작가와 작가의 만남은 더욱 그럴 것이다. 내가 한복용 수필가를 처음 만난 것은 2008년 경기도 양주시 덕정도서관에서였다.

그때 나는 '은비령의 작가'라는 이름으로 초청 강연을 갔었고, 도서관 행정책임자가 있지만 작가를 초청하는 일과 강연 진행을 한복용 수필가가 뒤에서 도왔다. 그러면서도 자신을 드러내지 않는 사람이어서 나는 그때 한복용 씨가 이미 수필가로 등단한 사실을 몰랐다. 그때 기억으로 참 화사한 꽃다발을 받았는데, 스스로 꽃집을 운영하고 있으며 작은 체구에 산악마라톤을 하고 있다고 말했다. 그래서 퍽 야무지고 단단한 인상을 받았다.

그가 이미 등단한 수필가인 것을 안 것은 나중의 일이었다. 어느 지면에선가 한복용이라는 이름 아래 「아버지의 왼손」, 「첫날」, 「그대에게 바친다」와 같은 작품을 보았다. 처음 받은 인상과 마찬가지로 작품도 따뜻하면서 단단한 인상이었다. 본인이 맞느냐고 물으니 그제야 맞다고 했다. 왜 처음부터 알려주지 않았느냐고 하자 "무슨 자랑이라고요" 하고 겸손하게 말했다.

그 중에 「아버지의 왼손」 이야기는 마치 내가 그 현장을 안쓰럽게 지켜보듯 코끝이 찡하도록 읽었다. 작두에 잘린 손가락 끝이 시리다며 그곳에만 두 겹 세 겹 덧댄 장갑을 끼고 계시던 아버지와 염습실에서 마지막 생과 사의 이별을 할 때 '아버지 많이 아퍼?'하고 묻는 딸의 모습이 영화의 한 장면처럼 오래도록 내 뇌리에 머물렀다.

이후에도 발표되는 작품마다에 느끼는 독후감이지만, 내가 꼽는 한복용 수필의 가장 큰 미덕은 문장에 일부러 꾸미는 말이 없다는 점이다. 시인과 소설가, 수필가 가릴 것 없이 제법 글을 쓴다는 사람들의 산

문일수록 한여름 풍경을 이야기하면서도 가을산의 단풍처럼 화려한 수식들이 이 문장 저 문장 곳곳에 장식되어 있는 모습을 볼 때가 있다. 우리 삶의 이런저런 사연들과 그런 사연들에 대한 성찰을 이야기하며 무에 그리 꾸며야 할 말들이 많은지 모를 일이다. 도무지 수사 없이 담백한 문장으로는 자기가 보고 겪고 느낀 것을 다 말하지 못하겠다는 식의 문장을 보노라면 작가의 표현욕 때문에 오히려 글이 혹사당한다는 느낌을 받을 때도 있다.

한복용의 수필집 『우리는 모두 흘러가고 있다』의 작품 어느 페이지를 열어 읽어도 어떤 특별한 수사 때문에 독서호흡이 방해되거나 꼬여 있는 문장이 없다. 우리 삶의 뒤란을 돌아 흐르는 작은 개울처럼 조금 높은 곳에서 낮은 곳으로 졸졸졸 소리를 내며 물이 흐르듯 문장이 흐른다. 읽다 보면 그 문장들이 이내 어떤 영화의 한 장면처럼 우리 마음속으로 스며들어 또 하나의 그림을 만든다.

그의 글은 마치 옆에서 그의 이야기를 듣는 듯하다. 그는 요란하지 않게 낮은 소리로 조곤조곤 속삭이듯 들려주는 말과 글의 진정성을 아는 작가이다. 그의 글 속엔 그가 살아온 삶의 내력뿐 아니라 이제까지 만나온 사람들과 그 속에 숨쉬어온 자연들과 오랜 시간 친구처럼 옆에 두어온 사물들에 대한 깊은 응시가 배어 있다. 그것이 우리 마음 안에 또 하나의 무늬를 그리게 한다.

우리는 모두 흘러가고 있다

지은이_ 한복용
펴낸이_ 조현석
기 획_ 신승철
펴낸곳_ 북인
디자인_ 푸른영토

1판 1쇄_ 2013년 11월 15일
출판등록번호_ 313 - 2004 - 000111
주소_ 121 - 842 서울 마포구 서교동 467 - 4, 301호
전화_ 02 - 323 - 7767
팩스_ 02 - 323 - 7845

ISBN 978 - 89 - 97150 - 29 - 8 03810

이 책의 글과 그림에 관한 저작권은 저자와 출판사에 있습니다.
저자 허락과 출판사 동의 없이 무단 전재 및 복제를 금합니다.

마음에 오래 남을 소설문학의 소설들

코뿔소 지나가다

2013년 우수문학도서

연용흠 소설 284페이지, 값 12,000원

연용흠의 소설집 『코뿔소 지나가다』에 담긴 아홉 편의 이야기를 관류하는 사막 이미지의 저변에는 '세상은 사막과 같은 곳이다'라고 언명하고 있는 작가의 관점이 자리잡고 있다. 세상은 그 삭막함과 위험성 때문에 사막과도 같은 장소라는 것이다.

섹시하거나 은밀하거나

2011년 우수문학도서

김임선 소설 292페이지, 값 11,000원

김임선의 『섹시하거나 은밀하거나』는 작가로 활동한 지 18년 만에 펴낸 첫 작품집이다. 이 소설집의 가장 큰 특징은 "상실, 상처, 죽음을 통해서 산주검들의 심리적 현실을 가시화하여 '이곳'과 그 너머의 세계를 동시에 살고 있는 병리적인 인간들의 크고 작은 이야기를 그린 '환몽의 소설'이라는 것"이다.

무저갱

2011년 우수문학도서

유연희 소설 228페이지, 값 11,000원

유연희의 소설집 『무저갱』의 소설 대부분은 자신이 살고 있는 삶에 물음표를 단다. 상반되는 요소들의 충돌을 통해 물음표를 산출하는 것이다. 정주와 이주의 삶이 조화될 수 있는가? 기질적으로 다른 사람들이 짝을 이루어 살 수 있는가? 정상과 비정상의 경계는 무엇일까? 등이 그것이다. 이런 질문들은 결국 어떻게 살아가야만 하는가란 문제로 모아진다.

미미

2009년 우수문학도서

박선희 소설 224페이지, 값 10,000원

박선희의 소설집 『미미』는 메마름의 극한을 파고들며 그 안에서 살고 있는 수많은 존재들의 공포와 허위적인 삶의 양태를 더욱 매섭게 형상화한다. 여기엔 그 어떤 의식의 범람도 한 치의 수사학적 과잉도 존재하지 않는다. 이것이 그의 소설에 주목하게 하는 요소다.